[美]米奇·阿尔博姆——著

姚瑶——译

你在天堂里遇见的下一个人

Mitch Albom

THE NEXT PERSON YOU MEET IN HEAVEN

上海译文出版社

结局

这个故事发生在一个名叫安妮的女人身上。故事要从结局开始讲起，从安妮自天空坠落讲起。安妮还太年轻，所以从未考虑过生命的终结。她从未想过天堂。但天堂却一直想着我们。

*

安妮死去时瘦瘦高高，一头波浪般的黄褐色长发，胳膊肘和肩膀上的骨节都格外突出，每每尴尬无措，脖子就会红上一圈。她有一双浅橄榄色的明眸，面目柔和，同事们通常会说“一旦了解她就觉得她很漂亮”。

作为一名护士，安妮每天都穿蓝色护士服和灰色跑鞋去上班，尽职尽责，直到预期之外的终结来临，那一刻距离她的三十一岁生日不到一个月。

或许你会说，在这个年纪死去实在“太年轻”了。可是对于人生而言，什么是“太年轻”呢？年幼时，安妮就曾在红宝石码头的一场事故中幸免于难，那是一个位于大片灰色海洋边的游乐场。有些人把她的生还称为“奇迹”。

所以你可能会说，和原来的命运相比，她早已不那么年轻了。

*

“今天我们欢聚于此……”

要是知道自己即将死去，你会如何度过人生中最后的几个小时呢？安妮并不知道自己就要死了，她把最后的时间用来结了婚。

未婚夫名叫保罗。他有一双淡蓝色的眼睛，宛如浅海；一头蓬松的胡桃色头发，浓密得能藏下一只鸟。早在念小学时安妮就遇见了他，那时他们正在沥青铺就的操场上玩跳背游戏。安妮是个新生，羞涩，寡言。她埋下头去，蜷缩成球状，同时对自己说，真希望我能消失。

紧接着一双男孩子的手按在了她的肩膀上，手的主人在她面前着陆，像一只丢过来的包。

“嗨，我是保罗。”他说着展露笑容，一绺头发耷在眉毛上。

忽然间，安妮心中生出了些许别的期待。

*

“安妮，你是否接受这个男人……”

在人生仅余的十四小时里，安妮和保罗站在某处篷顶下，那里可以俯瞰一整面蓝莓色的湖水。十几岁时他们失去了联系，前不久才刚刚重逢。其间的岁月对安妮来说格外艰难。她忍耐过糟糕的感情，承受了诸多失去。她渐渐相信自己再也不会去爱一个男人，也永远都不会结婚。

然而安妮和保罗一起站在了这里，又一次并肩而立。他们冲牧师点了点头。他们背诵了誓言。安妮披着白纱，保罗穿着黑衣，两个人的皮肤在阳光下炙烤了好几个小时，此刻已经晒成焦糖色。就在安妮转过脸看向自己未来的丈夫时，她瞥见了一个热气球飘荡在夕阳上方。多可爱啊，她心想。

而后她将目光聚焦在保罗身上，他笑得灿烂，咧开的双唇宛如地平线一样宽广。保罗手忙脚乱地给她戴戒指，紧张地笑出声来。紧接着所有人高声欢呼：

“恭喜！”

*

还剩十三个小时。他们走过通道，挽着手臂，新婚夫妇看上去总像拥有世上全部的时间。安妮擦掉眼泪时，瞧见最后一排站着位戴亚麻帽的老先生，脸上挂着海豚似的微笑[1]。他的皮肤上有古怪的、反光的阴影。他盯着安妮。安妮觉得他似曾相识。

“保罗，”她小声问，“那个人是谁——”

然而有人打断了她，低声赞叹：“你看起来太美了！”——是个十几岁的表妹，牙齿上套着牙箍——安妮微笑着说：“谢谢。”等她再回过头去看时，那位老先生已经不见了。

还剩十二个小时。安妮和保罗步入舞池，笼罩在白色灯泡洒下的光束里。保罗举起一只手臂说：“准备好了吗？”这让安妮想起了初中时的某个夜晚，是在学校的体育馆里，当时她走向保罗，对他说：“你是唯一同我说话的男孩，所以你也是唯一有可能和我跳舞的男孩。现在马上告诉我你要不要和我跳舞，要还是不要，不然我就回家去看电视了。”

那时他咧开嘴冲她笑了，如同现在一样，而后两人

1. 意为并不发自内心的笑容。

就像拼图一样结合在了一起。他们用一种稳定的节奏踩着舞步来回。有个摄影师挤了进来，招呼着："看这边，幸福的新人！"安妮本能地将左手藏在了保罗背后，这只手略小一些，也更虚弱些，事故已经过去了二十年，这只手却仍旧承受着伤疤之苦。

*

还剩十一个小时。安妮依偎着保罗的手臂，环顾整个舞厅。热闹的庆祝渐渐和缓下来。蛋糕已经消灭了一半，女人们的高跟鞋也都踢到了桌子下面。

保罗转过身对安妮说："嘿，我给你做了点东西。"安妮莞尔一笑，他总是会给她做些小礼物，比如木头小人儿，小首饰。他在意大利学过雕刻与绘画，十几岁时，他们全家搬去了那里。那时候，安妮以为自己一辈子都不会再见到他了。

可是多年以后，工作中的安妮路过正在施工的医院侧楼，而他恰好在那里，是个木工。是她先看见了他，心跳瞬间加快。他就这样抬起头来。

“嘿，我认识你，”保罗说罢露齿而笑，“你是安妮。”

十个月后，他们订了婚。

随着婚期临近，安妮日渐焦虑。她总在夜半时分频频醒来。“无论什么时候，只要我做计划，就一定实现不了。”她向保罗坦陈心事。而他却拥住她的肩膀，提醒她，又不是她计划着要在医院偶遇他，不是吗?

安妮勉强挤出一丝笑容，回答道：“你怎么知道不是呢?”

保罗哈哈大笑：“这就是我要娶的安妮啊!”

可她的担忧没有消失。

*

“给你。”保罗说着递给她一个用金属丝做的黄色小东西，很柔软，毛茸茸的，顶上有一对椭圆形的耳朵，底下有一双椭圆形的脚。

“是只兔子？”安妮问。

“嗯。”

“用毛根条[1]做的？”

“没错。”

“你从哪儿弄来的？”

“我做的。怎么了？”

安妮交换了一下两只脚的重心，忽然觉得很不舒服。她的目光越过地板，看向房间另一头，看到了先前那位老先生。他的下巴上覆盖着浓密的络腮胡子，有点好笑，身上的西装也是三十年前的款式。然而引起安妮注意的是他的皮肤，太奇怪了，几乎在发光。

我是怎么认识这个人的呢？

“你不喜欢吗？”

安妮眨了眨眼，“什么？”

“你的兔子。”

---

1. 一种缠满绒线的细铁丝。

“哦。我很喜欢。真的。[1]”

“真的。”保罗重复了一遍，仿佛玩味良久：“我们今天说了太多遍‘真的’。”

安妮莞尔一笑，轻轻抚摸着手中的小兔子。然而，一阵寒意霎时流遍全身。

*

发生重大事故的那一天，安妮手中就握着一只毛根条做的小兔子——和保罗送给她的这只一模一样，是挂着络腮胡子的老先生送给她的礼物，正是此刻她在婚礼上看见的这一位。

一个早在二十年前就已离世的人。

他的名字是艾迪，在红宝石码头游乐场工作，负责修理游乐设施。每一天，他都要给轨道上油，拧紧螺栓，在园区里巡视，眼观六路，耳听八方，时刻注意哪

1. 原文 I do 是结婚誓词的一部分。

里有问题。他的工装口袋里放着毛根条，遇到小客人就扭一个玩偶给他们。

出事那天，妈妈和新交的男朋友出去约会，把安妮独自留在游乐场。安妮走近艾迪的时候，他正凝望大海，安妮穿了条毛边短裤，一件柠檬绿色的T恤，衣服正面印着一只卡通鸭子。

“打扰一下，艾迪·维，修工？”她读着他衬衫上缝的标签问道。

“只有艾迪是名字。”他叹了口气。

“艾迪？”

“嗯？”

“你能给我做一个……？”

她双手合十，仿佛在祷告。

“快说，小家伙。我可没那么多时间。”

“你能给我做个小动物吗？能吗？”

艾迪开玩笑地向上看，仿佛得考虑一下。而后他摸出黄色的毛根条，给她做了个小兔子——和保罗刚刚递给她的那只一模一样。

“谢谢谢谢谢谢你。”她说着手舞足蹈地跑开了。

十二分钟后，艾迪死了。

*

致命事故发生时，一个车斗从名为“弗雷迪自由落体”的跳楼机上松脱下来，离地两百英尺高。车斗宛如一片枯叶摇摇欲坠，所幸没有乘客受伤。艾迪站在下面张望，意识到缆绳不知怎么的有磨损。一旦缆绳断裂，车斗就会轰然坠落。

“**退后！**”他放声大叫。

地面上的人群四散开去。

但是头脑发蒙的安妮却跑错了方向。她蜷缩在跳楼机的基座下面，害怕得动弹不得。缆绳断裂。车斗砸落。如果不是艾迪最后一刻冲过去，一把推开安妮，那被砸到的就会是她。最终，车斗砸在艾迪身上。

事故夺走了他的性命。

但也同样夺走了安妮身上的一部分。她的左手。一大块松脱的金属碎片高速冲撞而来，将那只手干脆利落地连骨头一起切断了。一些反应快的员工把血淋淋的断手放在冰上，护理员飞快地将安妮送往医院，外科医生连续手术了好几个小时修复筋腱、神经、动脉，同时植皮，利用钛板和螺钉将手和手腕重新连在一起。

这起事故成了轰动全国的大新闻。记者们把安妮称为“红宝石的小小奇迹”。陌生人为她祈祷。有些人甚至寻求同她偶遇的机会，仿佛死里逃生让她掌握了不朽的秘密。

然而当时的安妮只有八岁，什么也不记得。事件带来的震惊擦除了她的记忆，仿佛强风吹熄火焰。直到今天，她也只能回想起一些画面、片段和一种朦朦胧胧的感觉，她去红宝石码头的那一天还无忧无虑，再回家时心情截然不同。医生使用了刻意压抑与创伤失调之类的字眼，却并没有意识到，有些记忆为活着的世界存在，而有些记忆只有死后才能浮现。

但是一条命已经换了另一条命。

天堂始终凝视一切。

*

“好运！……上帝保佑！……”

安妮和保罗欢欣鼓舞地朝等候他们的豪华轿车走去，低下脑袋躲避纸杯里撒出的米粒[1]。保罗拉开车门，安妮钻了进去，裙摆拖在地上。

“喔嚯！”保罗放声笑着滑进车里，挨着她坐下。

司机转过身来。他留着八字胡，一双棕色眼睛，牙齿沾满烟垢。

“新婚快乐，伙计们。”

“谢谢！”两人异口同声。

安妮听到有人急敲了一阵车窗，她的叔父丹尼斯正

1. 西方婚礼上向新人抛洒米粒，寓意“多多的”祝福。

俯身盯着他俩，嘴里叼了一根烟。

“好吧，你们俩，”安妮放下车窗时他说，“好好的。多小心。要开心。”

“一下做到三样可不行。”保罗说。

丹尼斯哈哈大笑：“那开心就行。”

他握住安妮的手指，安妮感到自己眼眶湿润了。丹尼斯是妈妈的兄弟，是受人尊敬的外科医生，与安妮在同一家医院供职。他是安妮在这个世界上第二爱的男人，仅次于保罗。丹尼斯是个光头，大腹便便，很容易发笑，对安妮而言，他比真正的父亲更像父亲，她父亲的名字是杰里（妈妈总叫他“混蛋杰里”），安妮小时候他就离家而去。

“谢谢你，丹尼斯叔叔。”

“谢什么？”

“所有。”

“你妈妈一定很高兴看到今天的一切。”

"我知道。"

"她在看着呢。"

"你这么觉得?"

"嗯呢,"他微微一笑,"安妮。你结婚了。"

"我结婚了。"

他轻轻拍了拍她的脑袋。

"全新的人生,孩子。"

还剩下十小时。

*

任何故事都是孤掌难鸣。我们的人生就像织布机上的线,以我们意识不到的方式相互交织。

安妮与保罗在婚礼上翩翩起舞时,四十英里开外,一个名叫托尔伯特的男人拿上了钥匙。他想起他的卡车需要加气,也知道这个时间想找到一家开门的加气站不太容易,所以他抓起了妻子那辆小车的钥匙,是一辆小小的厢型车,有一只轮胎气不足。他离开家的时候没有锁门，抬眼看了看云，云层给月亮镶了灰色的花边。

要是他开了卡车，那故事将会截然不同。要是安妮和保罗没有停车拍最后一轮照片，故事也将截然不同。要是豪华轿车的司机记得带上公寓门边的一个袋子，故事又会变得不一样。你一生的故事是一秒接一秒写成的，瞬息万变，就像一支铅笔眨眼间变成一块橡皮擦。

*

“但是我们就要结——婚了！”保罗引吭高歌，在他忘词的时候安妮捧腹大笑。她转过身去，拉过他强有力的大手盖在自己身上。在一生中，哪怕闭着眼，有些人一碰你你就能辨别出这个人是谁。对安妮来说，保罗搭在她肩膀上的手就是这样清晰可辨，正如许多年前那场跳背游戏给她的感觉。

正如此时此刻的他们。

安妮瞧见了他的金色婚戒。她满足地深深呼出一口气。他们做到了。他们结婚了。她不用再担心什么预期之外的事情会让一切脱轨。

“我真的很开心。”她说。

“我也是。”保罗回应。

轿车启程。安妮隔着车窗挥手，宾客们纷纷鼓掌，竖起大拇指。映入眼帘的最后一个人是那位戴着亚麻帽的老先生，近乎机械地朝她挥手。

*

你一定听过“人间天堂”这个词。它预示着某些完美无缺的事物，比如一场婚礼的愉快送别。可是，“人间天堂”也可以有别的含义，代表有些即将发生在安妮身上的事情，就在这位老先生——红宝石码头的艾迪——在人群中同她挥手告别时。

某些时刻，当死神近在咫尺，此世与彼世间的面纱撩起。天堂与人间彼此照面。一旦如此，就有可能瞥见那些已经离世的灵魂。

你能看见他们正在等待你的到来。

他们也能看见你缓缓走来。

*

还剩九个小时。夜晚雾气朦胧，下起雨来。司机轻快地打开雨刷器。在雨刷器左右摇摆时，安妮思索着将来。首先，他们的蜜月，一场计划良久的阿拉斯加极光之旅。保罗对此极为痴迷。他给安妮看了数百张照片，还闹着玩儿地考她极光的来源。

“我知道，我知道，”安妮背诵记忆中的答案，“粒子离开太阳表面，飘向地球。它们需要两天才能抵达地球。它们从大气层最脆弱的部分闯入，在——”

“世界之巅。”保罗帮她补充完。

“世界之巅。”

“很好，”他会如此宣布，“你合格了。”

阿拉斯加之后，新生活在等待。保罗和安妮加入了一个将水送入贫困村庄的组织。他们签了一年的合约。这对安妮而言是个巨大的变化，她还从来没有出过国。

但是她的护士技能可以派上用场，保罗则热衷慈善，常常免费给人盖楼（他的朋友开玩笑说他“试图在人生中的每一天都赢得奖章”。）这话让安妮笑了。她以前在挑男人时做过很糟糕的选择。但是最终，保罗是个值得骄傲的伴侣。

“我等不及了，”她说，“想去——”

豪华轿车突然转向，错过了出口。

“该死，”司机看向后视镜，说道，“那家伙不会让我进去的。”

“没关系的。”保罗说。

“我下个出口——”

“没事的——”

“通常我都会带上 GPS——”

“没——”

“可我忘在家里了——”

“别担心——”

“那家伙过来得太快了——”

“没事的，”保罗捏着安妮的手指说，“我们很享受这段旅途。”

他对自己的新娘微笑，她也回给他一个微笑，全然不知世界刚刚发生了怎样的变化。

*

司机调了个头回到高速上，透过雨幕，安妮注意到前头闪烁的尾灯。一辆小小的厢型车停在路肩上，有个男人蹲在车边，浑身湿透。他们的车靠近时，陌生人起身挥手。

“我们得停车。”安妮说。

“真的吗？”保罗问。

“他都湿透了。他需要帮助。”

“他肯定会没事的——”

“先生，你能停一下吗？”

司机缓缓把车停在了那辆抛锚的车旁边。安妮看着保罗，“我们可以用一桩善举来开启我们的婚姻生活。”她说。

“为了有好运。”保罗说。

“没错。”安妮说，不过她其实很想加一句，她觉得他们的婚姻已经足够好运了。

保罗推开车门。雨点密密匝匝地落在人行道上。“嘿，伙计！”保罗喊道，“有麻烦了？”

保罗走过去的时候男人点点头。“我老婆的车，”他喊道，“车胎瘪了。她的后备厢里肯定没有千斤顶。你有吗？”

“有个老婆？”

“千斤顶。”

“我是开玩笑的。”

“哦。”

雨水落在他俩的脸颊上。

“我打赌车上肯定有。”

“那就太好了。”

保罗冲到轿车的后备厢处，冲安妮微微一笑，做出了非常夸张的肢体动作，就像用慢动作奔跑的电影演员一样。司机按下按钮，后备厢打开了，保罗找到了千斤顶，又跑回那辆抛锚的车边。

“太感谢了，”男人说，“老婆啊，你懂的。”

“这个嘛，我算不上专家。”保罗回答。

*

还剩八个小时。保罗和托尔伯特用破抹布擦手时，安妮透过后车窗看着他们。轮胎已经换好了。他们正在雨中聊天。

安妮摸了摸自己的结婚戒指。她看到那个男人捧腹大笑。保罗站在靠近公路的一边，转向安妮，拉起陌生人的手腕，仿佛宣告他们是冠军。有那么一瞬间，她震惊于自己的美好未来：穿着湿漉漉无尾礼服的新婚丈夫，那么英俊，英俊得像在发光。

紧接着她才意识到，那光芒其实是车灯。保罗身后有一辆车飞速驶来，打亮了他的轮廓。安妮感到一阵恐慌。她呼喊他的名字。好在托尔伯特拉住了保罗的胳膊，猛地把他拽到一边。

汽车呼啸而过。

安妮重重瘫坐在位子上。

*

“嘿，看看这个，”保罗浑身湿透地钻进车里，回到她身边，举着一张名片说，“这家伙开热气球——”

安妮一把抓住他，“哦，我的上帝！”她亲吻他湿漉漉的面颊、头发和前额，亲吻的间隙安妮冲口而出：“我以为那辆车要撞到你了。”

“没错，开得太快了。幸好那家伙——”保罗看出她松了口气，伸手捧住她的脸庞。“嘿。安妮。嘿。”他眯起眼睛，仿佛细细端详她的内心深处，“我没事。不是什么大事。我不会有任何事。我们才刚刚结婚。”

安妮热泪盈眶。

“我们去酒店吧。”她低声嗫嚅。

“去酒店！”保罗宣布。

司机发动了车子。

*

你知道风是怎样形成的吗？高压遇上低压。温暖邂逅寒冷。变化。变化生出了风。变化越是激烈，风也越是强劲。

人生与此大同小异。一个变化引起另一个变化。车胎瘪了之后，这位名叫托尔伯特的热气球驾驶员不太放心继续用备用胎开车，于是改变了计划，决定回家而不是去工作，反正周末的时候他经常早早回家。他给助理飞行员打了电话，说：“中午之前你负责处理各种事情，好吧？”

助手是个留着胡子的年轻人，名叫泰迪，他改变了自己的安排，晃晃悠悠地回答：“没问题。”他做了咖啡，换上衣服。

安妮和保罗已经脱掉了礼服，作为新婚夫妇，他们第一次共享一张床。当太阳探出头，光线从酒店的窗帘缝隙溜进来时，他们改变了计划。保罗一头扎进枕头里，安妮抚摸他的头发。

“哦，天哪，我累垮了！”

但安妮还不想就此结束。

“如果我们不睡觉，那从严格意义上来讲，现在仍旧是我们的新婚之夜，对吗？”

“我想是的。”

“既然如此……”

她朝保罗俯过身去，从床头柜上拿起名片。

“坐热气球！”安妮说。

“不——”

“好——”

“不不不——”

“好好好——”

“安妮——太冲动了！”

“我知道。这不像我。但在说誓词的时候，我看见了一只热气球。或许那是个信号。名片上写了‘日出之旅’。”

“没错，但是——”

“拜托——”

“好——吧，”保罗用力闭上眼睛，然后又猛然睁开，“来吧！”

安妮抓起电话。她生前最后一通电话以此开头，“嗨，你们今天飞吗？”

*

还剩五个小时。为了抵御清晨的寒意，安妮和保罗穿了轻便夹克，在一片辽阔草地的中央，手拉手站在一个巨大的乘客吊篮旁边。一切看起来是那么偶然：一张名片，一通电话，一个名叫泰迪的飞行助手，一个离酒店不远的起飞场。将来这该是个多么值得讲述的故事啊，安妮心想，在云海里落下帷幕的新婚之夜。

有一小队人马负责操控丙烷加热器，给气球里的空气加热。不出几分钟，气球便开始上升，仿佛打着哈欠的巨人睡眼惺忪地醒来。随着塑料布渐渐鼓胀成巨大的梨形，安妮和保罗自然而然地彼此依偎，惊叹于这艘寂静的飞船即将把他们带入天空。

在那一刻，他们甚至不可能知道这些事情：泰迪还是个新手，渴望证明自己；他无视了不尽人意的天气预报，答应带他们上去，因为他们是新婚夫妇；而新婚夫妇是热气球界最好赚钱的客人；泰迪盘算着，要是这对新婚夫妇告诉其他新婚夫妇，会对生意大有好处。

对生意有好处就是对他有好处。

“准备好出发了吗？”泰迪问。

他领着安妮和保罗进入吊篮，关上他们身后的门，随着缆绳解开，也释放了燃烧器上流动的火焰。

热气球离开了地面。

*

“哦，我的天呐，”四十分钟后，他们翱翔过辽阔而空旷的牧场，安妮惊声赞叹，“真是难以置信。”

保罗紧紧抓住栏杆，“人们为什么会对刚刚才发生的事情说‘难以置信’呢？难道眼前的一切还不足以证明它的可信程度？”

安妮咧嘴一笑：“好吧，天才。”

“我只是想说——”

一阵突如其来的强风冲击热气球，猛地把热气球向西推去。

“吁。”泰迪吆喝道。

“吁？”保罗问。

“没事儿，”泰迪答道，眼盯着云层，“风大了。我要往下降一点。”

他拉动阀门，切断热空气，开始下降。几分钟后，随着天色渐渐阴沉，又一阵强风把他们往西推得更远。安妮注意到他们正在靠近一片树丛。

“从严格意义上来说，人真的能操纵一个气球吗？”保罗问道，“我并不是要批判或者——”

“只是上或者下，”泰迪把手放在丙烷加热器上，答道，“我们没事。别担心。”

他们持续朝西飘移。风势不断增强。云层愈加浓密。泰迪给气球开了个小口，让热空气出去，气球降得更低，希望以此避开强风。一个更有经验的飞行员会知道，这样做只会增加热气球撞击树顶的风险，维持原有高度反而更安全，如果情况不稳定，这个方法才是可取的。然而更有经验的飞行员是托尔伯特，此刻他正在一家汽车维修店里，更换新轮胎。

忽然间树丛近在咫尺。“没问题的，小菜一碟，”泰迪说，“不过你们或许想蹲下来，免得蹭到树枝。”

话音刚落，树丛离得更近了，他提高声音，“好的，下降！”

安妮和保罗跌坐在篮子里。热气球的下半部分猛烈地撞进高高的枝杈，吊篮里的人全被甩到一边。

“卧倒！”泰迪再次高喊，“我要着陆了！”他又给气球开了更大的口子，发出巨大的嘶嘶声。蹲着的安妮仰头望去，透过浓密的树叶，她瞥见了贯穿其中的某样黑色的东西，如地平线一般。

电线。

热气球撞上了电线，将一条电线挤压到另一条上。安妮听到了嗞嗞声。眼前的闪光令人目眩。星火爆裂，泰迪双腿发软。他大喊道，“上帝啊！”吊篮急速下坠。安妮放声尖叫，保罗也在尖叫，霎时天翻地覆，安妮眼前的一切东倒西歪，只有模糊的掠影：树木，天空，地面，一只胳膊，一段缆绳，天空，鞋子，火焰。

他们被吹得倾向一侧，吊篮咣当撞上地面，三个人在吊篮里骨碌碌滚到一边。安妮看见了火焰、天空、缆绳、保罗、自己的胳膊肘、牛仔裤、天空，而后泰迪翻过侧栏，消失了，接着热气球再度上升，丙烷燃烧的火焰把它拉升起来。

忽然，她感到保罗的双臂圈住了自己的胸口。“跳，安妮！”他喊道。刹那间安妮看见了他的脸，但在她喊出保罗的名字前，保罗就把她扔出了吊篮，她在空中下坠，下坠，而后——砰！——撞上地面，后背着地。

她眼冒金星，千千万万微小的光点遮蔽了太阳。当目光终于重新聚焦，她惊恐地看见热气球在火焰中爆炸，一个人影朝她飞来，在下坠过程中人影越来越大，手臂慌乱地拍打着。

紧接着，保罗，她的丈夫，砰的一声砸在地上。

安妮尖叫起来。

*

在随之而来的眩晕中，有一句话像锚一样死死扎在她身上：这是我的错。救护车、警笛、轮床、医生、医院、抢救室，伴着金属板的声响打开的大门，整个过程中那句话都不肯放过她。这是我的错。仓皇的人群，嗡鸣的器械，她的丹尼斯叔叔进行术前擦洗，并且紧紧抱住了她，她的眼泪在他浅绿色的手术服上留下了斑斑泪迹。

这是我的错。

是我要去的。

是我干的。

我毁了一切。

坠落只给安妮留下了擦伤和疼痛，而保罗，他从四十一英尺高的空中掉下来，骨折、筋腱断裂、损坏了几个重要器官。他的双腿、骨盆、下巴还有左肩全都因钝力而断裂，但他的肺部损伤最为严重；双肺撕裂，因胸廓挤压而血流不止。医生给他插入呼吸管维持生命，但图像显示双侧的肺都不能够继续工作。他需要新的肺才能存活。医生们低声交流国家登记处和移植名单，看看这么短的时间里能找谁。医生们彼此交谈时，安妮一直张着嘴巴，忽然她说话了。

“用我的。”

“什么？”

“我的肺。你们必须用我的。”

“安妮，这并不在选项之中——”

“在，在的。这样才能救他！”

激烈的辩论随之而来，叔叔和其他医生都试图劝她，告诉她这种想法不对。可她大喊大叫，决心已定，而且作为护士，她精通移植手术所需的基本要求，比如血型（安妮和保罗完全匹配）以及相似的体型（他们一样高）。她一直透过手术室的一道道门看向保罗，他被护士和机器环绕着。保罗，那是救过她的保罗。保罗，他正因为她而死去。

“安妮，这样的话有风险——”

“我不在乎——”

“可能会出问题。”

“我不在乎！”

“他状况非常糟糕。即便移植成功，他也可能无法……”

“什么？”

“存活。”

安妮咽了口唾沫，“要是他活不下来，我也不想活了。”

“别那么说——”

“我是说真的！求你了，丹尼斯叔叔！”

她已经哭得太多太久，眼泪几近哭干。可她想起了两个小时前，她和保罗有多快乐。两小时？人生怎么能在两个小时内就发生如此巨大的转变？她重复保罗在婚车后座说过的话，那句说来帮她打消疑虑的话。

“我们才刚刚结婚……”

安妮浑身颤抖，丹尼斯深深吐出一口气，仿佛有人一拳打在他的肚子上。他转向一旁的高级外科医生，医生的嘴上覆盖着蛋壳状的面罩。他说出了一个他俩都知道的名字，是医院里的顶级移植专家。

“我来打电话。”高级医生说。

接下来的细节如狂风暴雨般掠过。起伏不定的监视器、轮床的轮子、酒精棉球、针、管子。安妮忽略了所有这一切，仿佛它们都只发生在包裹她的一层外壳上。在大危机的中心，一个微小的信念就能让你得救。安妮的信念是：她深信自己可以救丈夫。她能弥补过错。一人一个肺。我们共享。她将全部注意力集中于此，如同被困的矿工紧盯一束光亮那么紧张。

躺上手术台，安妮祈祷。让他活下来，上帝。求求你让他活下来。她感觉到麻醉剂起了作用，周身乏力，眼睛闭了起来。最后一丝记忆是搭在她肩膀上的两只手，轻轻地将她放倒，一个男人的声音说：“一会儿见。”

随后世界飞速旋转，漆黑一片，安妮仿佛被人投入了某个洞穴。黑暗之外，她瞥见了些奇怪的东西。她看见婚礼上那位老先生正朝她跑来，伸出双臂。

随后周遭化作白茫茫的一片。

安妮犯了错

安妮两岁，坐在一把高高的椅子上，面前放着一个有吸嘴的绿色杯子，杯子里盛满苹果汁。

“杰里，看呐，”安妮喝掉最上面的果汁时，妈妈说，“她能用吸管喝。”

“啊哈。”爸爸喃喃自语。

“她那个年纪的孩子是做不到的。”

“我很忙，洛琳。”

“你在看报纸。”

“没错。”

安妮跳了起来。

“她想让你注意她。”

“我见过她喝东西。”

“她能用吸管。”

“你说第一遍的时候我就听见了。”

“拜托了，杰里？只要——”

“就这样吧。我得走了。”他粗暴地放下报纸。在他将椅子从桌边推开时，安妮听见了很刺耳的噪音。

“好吧，”妈妈展开吸管，说道，“让我们练习一下，这样下一次就能表演给他看了，好吧？”

她摸了摸安妮温软的脸蛋，这种关注让安妮很开心，她挥舞双手，结果打翻了果汁，果汁洒得到处都是。安妮嚎啕大哭。

“你对她做了什么？”杰里在走廊里吼道。

“什么也没做！”

“听起来可不像什么都没做。”

妈妈抓起一张厚纸巾，擦干净果汁。

“没事的，小甜心，”她对安妮耳语，“只是个意外。”

妈妈亲吻了安妮的脸颊。房门猛地摔上，她垂下眼帘。“只是个意外，”她重复道，“现在都过去了。”

旅程

通常情况下，当我们从睡梦中醒来，睁开双眼的一刹那便一切重置。梦中的世界消失不见，真实的生活取而代之。

可这一次并不是睡眠，接下来发生在安妮身上的事情，同她此前每一次醒来都不一样。她根本就没睁开眼，却看得格外清楚。

她正在移动。

脚下的地面似乎正碎裂开来，以极快的速度移动，没有一点摩擦力，仿佛封闭在玻璃中的电梯直冲太空。

她快速穿越了所有深浅浓淡的色彩，薰衣草紫、柠檬黄和牛油果绿。

她感受不到风，可她听到了风声。越来越响亮的尖啸声似乎正朝她袭来，而后又远离，仿佛被隧道抽走，宛如剧烈的吸气和呼气。奇怪的是，这种情形并不让她感到担忧。事实上，安妮一点也不担忧。她几乎觉得无忧无虑，如同孩子般毫无痛苦。

而后某样东西击穿了她，是完全陌生的东西，她找不到词来称呼它。她身上的每个部分都不合适，仿佛她的胳膊和腿被拉长了，脑袋安在一个新的脖子上，脑海中不断有此前从未浮现过的画面闪回：一个房间的内部，教室里的面孔，意大利乡村的一瞥。

随后，她又同样快地回到了自己的意识中，色彩再度飞速掠过，湖蓝色、黄色、粉橙色、酒红色。她设法试着回想起某件事，保罗的事——保罗受伤了？保罗需要我？——可是她觉得自己正沿着回忆逆流而上。热气球。火焰。碰撞。医院。

“可能会有好运。”

保罗还活着吗？

“我们才刚刚结婚。”

我救下他了吗？

“一会儿见……”

我在哪儿？

安妮犯了错

安妮四岁，坐在饭桌边。她的父母正在吵架，她玩弄着手里的餐叉。

“我无法相信你。”妈妈说。

“反正木已成舟。”爸爸说。

“我能喝杯奶昔吗?”安妮问。

“去玩你的，安妮。”妈妈压低声音。

“去玩你的。”爸爸附和。

“可是我能喝杯奶昔吗?”

“安妮!”

妈妈搓了搓自己的额头。

“我们要怎么办？”

“我们什么也不用做。”

“就像上次一样？像每一次一样？”

“爸爸——”

“上帝啊，安妮！”爸爸吼道，“闭嘴！”

安妮的小脸耷拉下来。妈妈推了一把餐桌，转身离开，飞快地跑过走廊。

“哦，没错，很好，逃跑，”爸爸跟在她身后说，“你究竟想从我这里得到什么？嗯？”

“我想让你记住你已经结婚了。”她喊道。

孤身一人的安妮从椅子上滑下来，蹑手蹑脚地朝冰箱走去，去拉把手。啪的一声，冰箱门开了。

冰箱里很冷，但是东西在这儿：奶昔盒子。她想拿一盒，但知道自己做不到。她看到低层架子上放着两根冻上的好时巧克力棒。爸爸妈妈喜欢吃这个。她抓了一根想拿给他们，或许这样他们就不会再吵架了，也许还能让她喝奶昔。

结果安妮退后一步，眼睁睁看着冰箱门关上——是被两只大手猛地关上了。

“你这个没规矩的小蠢货！”爸爸吼她，巧克力棒应声落地，“我跟你说过不许这么干了。”

安妮感到自己的脸上挨了一巴掌，她紧闭双眼，世界一片漆黑。又一巴掌。眼泪缓缓渗出来。又是一巴掌。她嚎啕大哭，耳朵生疼。

“住手，杰里！”妈妈喝止他。

“我说不可以的时候，就是不可以。”

“住手！”

又是一巴掌。安妮头晕目眩。

“杰里！——”

他停手了，安妮几乎崩溃。她躺在地板上啜泣时，父母歇斯底里地尖叫。她听见有脚步声朝她跑来。妈妈伏在她身上，挡住了光线。

第二天早上，爸爸搬走了。离家时他狠狠摔上门。安妮知道他为何离开。因为她想要那盒奶昔。那就是他离开家的原因。

抵达

蓝色。一切都是蓝色的。这单一的色彩，将安妮包裹住，仿佛她也被涂抹其中，成为蓝色的一部分。安妮觉得身体极度轻盈，并且好奇极了。

我在哪儿？

发生了什么？

保罗在哪儿？

她看不到自己身体的任何部分。蓝色宛如一块毯子包裹了她的全身，除了眼睛。忽然间，一个巨大的座位出现在眼前，在齐胸的高度上下浮动，座位上有棕褐色皮垫和银色扶手。就像飞机或者巴士上的座椅。

安妮不由自主地去触碰它——结果震惊地发现右手悬在眼前，漂浮不定，只有一只手，别无他物。没有手腕。没有小臂。没有胳膊肘。没有肩膀。她意识到蓝色并没有覆盖自己的身体。她根本就没有身体。没有中间部分的躯干，也没有屁股。没有肚子，大腿和脚。

这是怎么回事?

身体的其他部分去哪儿了?

我在这里做什么?

随后，包裹她的蓝色散开了，如同玻璃上冲刷下来的肥皂水，左边是白雪皑皑的群山，右边是城市的摩天大楼。万事万物快速掠过，仿佛她虽然站着不动，却在不断加速。她低下头去，看到下方有轨道掠过。她听到了呜呜声，这声音她绝不会弄错。

是火车在鸣笛。

她放开座椅，座椅便消失了。紧接着又出现了第二把座椅，在更前头。她抓住了那把椅子，椅子也消失了，随之又出现了一把新椅子，引导她一路向前。最终，她来到一扇有着华丽青铜手柄的舱门前。她拉下手柄。

就这样，她从外部进入了内部。一辆素描的汽车围着她打转，仿佛是某个艺术家拿钢笔画出来的。天花板很矮，地板是用铆钉固定的金属，到处都是面板、仪表和杠杆，看起来仿佛是从二十世纪五十年代开来的火车。

这是个怎样的梦啊？

我为何如此轻盈？

大家都去哪儿了？

某样东西摄住了她的目光。就在那儿。在售票员座位上。一个小小的脑袋晃晃悠悠地映入眼帘，旋即又消失不见了。

“没错！”一个年轻的声音喊道，“没错！”

如果这是个寻常的梦，安妮肯定已经溜之大吉，因为害怕陌生人的出现，毕竟我们在睡觉时都很恐惧这种情形。但在死后的世界，危险没什么力量，安妮继续向前漂游，径直来到了司机的位置旁边。她向下看去眼前的情形出人意料。

在那里，在操作台后面，是个年轻的男孩，棕色皮肤，头发乌黑，穿了件条纹短袖衬衫，还别了个玩具枪皮套。

“我开太快了吗？”他问。

安妮犯了错

安妮六岁，放学回家。同往常一样，她的身边伴着三个年纪大一些的孩子：沃伦·赫尔姆斯、十一岁；他的妹妹，德文，九岁；他的另一个妹妹，莉莎，刚满八岁。

“那个叫圣餐。”莉莎说。

“那你都做什么？”安妮问。

“你到教堂去，你说抱歉，然后你就吃饼干。”

“是威化饼干。”沃伦说。

“然后你就有礼物。”德文说。

“真的吗？”安妮问。

“我得到一辆自行车。”沃伦说。

安妮嫉妒得不行。她喜欢礼物。如今她只有在圣诞和生日的时候才能得到礼物。妈妈说，爸爸离开之后，她们得勒紧裤腰带过日子。

“那我能领圣产吗？”

“是圣餐，傻瓜。”

“你必须得是基督徒。你是基督徒吗？”

安妮耸耸肩：“我不知道。”

“如果你是基督徒的话，你肯定会知道。”沃伦说。

“怎么知道？”

“你就是知道。”

安妮用鞋子踢着人行道。她感受到了年纪太小的局限性，同赫尔姆斯兄妹在一起时，她常常有这种感觉，他们每天都带她回家。同学们大多都有妈妈来接。可安妮的妈妈得工作，所以她就得一直在邻居家等到妈妈回来。

“女巫的房子出现了。”沃伦说。

他们朝前看去，看到一幢小小的棕色平房，檐沟垮塌，前廊疏于打理，粉刷的颜色纷纷剥落，木头也都腐朽了。谣传有个老女巫住在里面，有一次，还是很多年前，一个孩子进了屋就再也没出来。

“要是你去敲她的门，我就给你五块钱。”沃伦说。

“我不去。”德文说。

“我不需要，”莉莎说，“礼拜日我会收到礼物。”

“看你的了，安妮。”

沃伦从口袋里掏出一张五块钱的钞票。

“你可以买很多东西。”

安妮停住了脚步。她心里想着礼物，眼睛盯着那扇门。

“她可能根本不在家，”沃伦说着挥舞钞票，“五——块钱哎。”

“那些钱能买多少玩具?”安妮问。

“很多。”德文说。

安妮扯着自己的鬈发，垂下眼睛，仿佛是在下决心。而后她决定放手一搏，沿着小径闷头往前走，径直走到了前廊。她回过头去看他们。沃伦做了个敲门的动作。

安妮深吸一口气。她的心跳得飞快，又想了想礼物，而后举起拳头，伸向纱门。

结果安妮的手还没碰到门，门就自己开了，一个身穿浴衣的白发女人低头盯着她看。

“你想要什么?”女人沙哑地问。

安妮动弹不得。她摇摇头，仿佛想说没什么，她什么也不想要。女人的目光越过她，看向那几个逃跑的孩子。

“他们让你这么干的?”

安妮点头。

"你不会说话吗，小姑娘?"

安妮咽了口唾沫，"我想要礼物。"

老妇人面露愠色。

"你不应该打扰别人。"

安妮无法将目光从女人的脸上挪开，她长而歪斜的鼻子，单薄干裂的嘴唇，眼睛下面青紫色的黑眼圈。

"你真的是个女巫吗?"安妮问。

女人斜着眼，"不是，"她说，"你是吗?"

安妮摇摇头。

"我只是病了，就是这样，"女人说，"走开吧。"

老妇人一把关上门，安妮长舒一口气，转过身，沿着街区跑向小伙伴。当她回到伙伴身边时，把女人的话复述了一遍。

"交易取消，"沃伦说，"因为她不是个真正的女巫。"

安妮垂下了肩膀。

她没能拿到钱。

安妮在天堂里遇见的第一个人

“我开太快了吗？”

安妮目不转睛地盯着这个穿条纹衬衫的男孩。

我在哪儿？

“听不见你说啥。”

我在哪儿——

“听——不见啊！”

我说——

男孩忽然咧开嘴笑了，“我听不见你说话，傻瓜，因为你根本没开口讲话。”

他说的没错。安妮没有嘴巴。她所听到的声音全都来自脑海之中。

“刚到这里的时候，没人能讲话，”男孩说，“这会让你更懂倾听。反正吧，他们就是这么告诉我的。”

谁？

“我遇见的第一个人。”

所以你能听见我说话了？

“听见你想什么，没错。”

你是谁？

“萨米尔。”

你为什么在这里？

“应该说是只能在这里。”

那我在哪儿？

“你还是不知道？”

他指向窗户和天空变化万千的色彩。

“天堂。”

我死了吗？

“天呐，你反射弧也太长了吧。”

*

安妮的思绪纷纷扬扬，如雨滴顺着窗户滑落。她死了？天堂？热气球事故？保罗？

我的身体在哪儿？我为什么是这副样子？

“我不知道，”男孩说，“是不是地球上的什么人把你给拆了？”

安妮想到了移植手术。

算是吧。

“那就会这样。嘿，看看这个。”

他拍打一个扁平的按钮，汽笛呜呜咆哮。

“我爱死这个了。”他说。

拜托了。我不属于这里。我不应该……

“什么？”

你知道的。

"死？"

没错。

"为什么呢？我就死了啊。"

可我时间还没到。我不老，也没病。我只是……

"什么？"

安妮在脑海中回顾了一遍自己的新婚之夜，思绪停留在那个开车的男子身上，正是他导致了最后的热气球事故，导致了移植手术，导致了眼前的状况。

一个犯了错的人。

"哇哦，"男孩转动眼睛说道，"某些人也太自怨自艾了吧。"

*

说罢，男孩推了一把方向盘，火车疯狂加速，升入空中，猛然下沉，倏忽抬升，像赛车一样急速转弯。

"哇哈哈！"他放声呼喊。

安妮看到前面有一片紫色的海洋。随着海岸线越来越近，她看见滔天碎浪和大朵大朵的白色泡沫。

等等——

“别担心。我已经干过不知多少次了。”

他猛地降下火车，安妮做好准备抵御强大的冲击，结果并没有出现冲击，只有无声的潜入和车窗外的树莓色。

“瞧见没？”

我们这是要去哪儿？

“更恰当的说法是去往‘何时’。”

他向上拉动方向盘，他们便由海洋深处浮起，进入了一个崭新的世界，看起来更像是人间。火车减速，并入了一个小城镇边缘处的铁轨，铁轨边是整洁的老房子，外墙都是铝合金板。

“做好准备。”男孩说罢，便一拳打在挡风玻璃上，玻璃哗啦一声碎成了成千上万块小小的碎片，飞溅开来。他猛拉刹车手柄，火车尖啸着停下，他和安妮则从空荡荡的前车窗弹了出去。

“哇哈哈！”猛地飞入空中时，他叫喊道，“很酷，对吧？”

紧接着，不知怎么的，两人就站在了铁轨旁边，没有降落，没有冲击力。

“好吧，反正我是觉得挺酷的。”男孩喃喃自语。

*

此时周遭安静下来。火车开走。树木枯槁，落叶满地。四周风景变成了棕绿色，宛如一部老电影。

拜托了，安妮心想，我不明白。

“什么？”

什么都不明白。我为什么在这儿。你为什么在这里。

“我在这里，”他说，“是因为在你初来天堂时，会见到在人间生活时的五个故人。他们全都因为某个理由而出现在你的生命中。”

什么样的理由？

“那是要你来找寻的。他们教给了你一些东西，但你活着的时候没能发觉。他们教给你的事情，会帮你明白你所经历的种种。”

所以，等等。你就是我的第一个人？

“没必要这么激动啦。”

抱歉。我只是——我不认识你。

“别那么肯定。”

男孩举起手来，在安妮眼前做了个清扫灰尘的动作，安妮的脸就回来了，她摸了摸自己的脸颊。

你做了什么——

“放松。我又没拿虱子捉弄你。现在看好了。这很重要。”

他指向铁轨。安妮的视线骤然转向。她看见远处有另一列火车驶来，浓烟滚滚。火车旁边，有个小男孩正狂奔追车。男孩伸出手，跌倒，爬起来再跑。安妮注意到他很面熟：黑色头发，焦糖色皮肤，条纹衬衫，牛仔手枪皮套。

等等。那是你？

“我以为我可以飞。我以为‘我能攀上这班火车，像风筝一样挂在上头’。”他耸耸肩，“那时我才七岁。”

奔跑的男孩一个箭步扑过去，又失败了。最后一节车厢即将经过，他咬紧牙关，快速摆动手臂，做了最后一次跳跃的尝试。这一次，他的手勾住了车尾平台上的栏杆。

但也就坚持了一刹那。

火车的速度把他的胳膊从身体上拽脱下来，把小男孩甩在了泥土里，他震惊，尖叫，袖子浸透了鲜血。断掉的胳膊从栏杆上滑脱下来，掉在砂砾上，染红了石子。

男孩看着安妮。

“哎哟。”他呻吟了一下。

星期日，早晨 10：30

名叫托尔伯特的男人签了一张收条。柜台后面的女人把复印件推回给他。

“都好了。”她说。

托尔伯特等着他们把妻子的车开过来。早前，在家里，他用胳膊肘轻轻推醒妻子。

“我很快就回来。”他轻声说。

“嗯？——”

“你的车胎没气了。”

“……是吗？”

“我要去买个新的。”

“……好吧……”妻子翻了个身，“小心点。”

此时此刻，托尔伯特随意地瞟了一眼汽车店的墙壁，想起了昨天晚上停车帮忙的那对新婚夫妇。穿着无尾礼服帮他换了车胎的新郎说，这都是妻子让他做的。很不错的家伙。很有意思。这场意外让托尔伯特觉得人类也不赖嘛，因为他对人的看法一向不大乐观。

一个技工把车停在他面前。

“完好如新。备胎在后备厢。”

“谢谢。”托尔伯特道谢。

一坐进车里，托尔伯特就拿起电话，按下设置好的快捷键，打给助手泰迪。

电话转接到语音信箱。

他又打了一遍。

还是一样。

他打到办公室。

还是语音信箱。

“唉，”他自言自语，“臭小子。”

托尔伯特瞥了一眼后视镜，调转车头，没有回家，而是朝热气球场开去，对人类的好感此刻消失无踪。

第一堂课

安妮盯着受伤的男孩，他躺在砂砾上，失去了一条手臂，伤口大量出血。

你为什么要给我看这个？太可怕了。

“没错，”萨米尔说，“我以前从来没哭成那个样子。听起来像头狼。”

你死了吗？

“我本该死的。但是……”

他伸手一指，安妮看到车窗里探出一个脑袋来，是个戴着黑色猫眼式眼镜的年长女性。看到此情此景，她马上缩了回去。

火车减速。

人们跳下火车。

他们朝男孩跑来。

那个女人也在奔跑。

她抓起男孩断掉的那节胳膊，脱掉自己的外套，牢牢把断臂裹上。

“我们去下一部分，”男孩说，“这一幕有点恶心。”

*

两人转瞬来到了医院的等候室，那里男人抽烟，女人缝缝补补，矮桌上的杂志被无言地翻阅。

“这是1961年，”男孩说，“那是我妈妈。”他指着一个穿红色外套的女人说，女人的双手紧捂住嘴巴。“还有我老爸。”他指着一个满脸络腮胡的男人补充道，男人穿着棕色西装，头发和儿子一样黑漆漆的，左腿焦虑地抖动着。安妮看到了火车上那个女人。她站在角落，双臂抱在胸前，只穿了件衬衫，没有外套。

医生出现时，所有人都朝他转过身去。他呼出一口气，说了些什么。而后他露出了灿烂的笑容，爸爸和妈妈相互拥抱，起身握住医生的手，充满感激。

之后一切似乎加速了，像一部按下快进键的电影。有挂着相机的人，有闪光灯，小男孩在床上，爸爸妈妈站在床边。

“我创造了历史。”他对安妮说。

历史？

“第一例成功的断肢复位，”他咧嘴傻笑，“傻人有傻福，嗯？”

安妮眼见场景缓缓铺陈开，男孩穿上外套，抱着个足球摆姿势，离开医院，每个细节都被摄影师和记者捕捉下来。

我为什么会看见这个？

“因为你也经历了同样的事情。”

你怎么知道的？

“知道什么？”

发生在我身上的事？

“太简单了，”他伸出一根手指，“我在场啊。”

*

说着他推安妮穿过一条医院走廊。天花板抬高了，窗户拉伸得如玻璃纸一般。

“医生给我使用的技术成为了一个新标准，”男孩说，“感谢我对火车的无知追逐，未来有许多病人因此康复。”

安妮注意到他逐渐丰富起来的词汇量。她看着他窄窄的鼻梁和厚厚的刘海，头发松散凌乱。

为什么你的声音听起来……？

“什么？”

长——大了？

男孩面露微笑。

"被你发现了。"

刹那间，走廊轰隆作响，两人快速翻转，被弹起来，仿佛震颤着穿过某条管道。穿着条纹衬衫的男孩变了样。等他们再度着陆，他已经变成了一个中年人，乌黑的头发光洁地梳到脑后，肩膀宽阔，大腹便便，足能绷开一件白大褂。

刚刚发生了什么？

"还记得《圣经》里的那句诗文吗？在我还是个小孩子时，我就说小孩子的话，但现在我是个大人了，啦啦……"

你是个医生？

"嗯，我是。心脏病。高血压。千万别觉得在照顾自己这方面医生能比病人更强。"

他拽了拽自己的外套，指着名牌。"如我所说，'萨米尔'。或者，要是你愿意的话，可以叫萨米尔医生。头衔在这里似乎有点傻兮兮的。

“顺便说一下，很抱歉之前叫你傻瓜。我选择童年的自己来迎接你。而我绝对是个讨人厌的小屁孩。”

安妮很茫然。她完全跟不上状况。现在她意识到这里是别的医院，走廊更为明亮，墙上挂着不一样的装饰画。

我们在哪儿？

“你不记得了？”

我怎么可能记得呢？这不是你的回忆吗？

“记忆交叉。”

他们滑行过一条走廊，进入一个私人房间。萨米尔靠近床上的病患，是个留着奶油色鬈发的小姑娘，她左边的胳膊上绑了绷带，从胳膊肘一直裹到手指。

“怎么样了，安妮？”他问。

女孩的嘴巴一张一翕，安妮感觉到自己在回答，“我害怕。”

安妮犯了错

她八岁，正在去往红宝石码头的火车上。她穿了件短袖的柠檬绿色T恤，胸前印着一只卡通鸭子。妈妈就坐在她旁边，而妈妈的另一边则坐着新交的男朋友，鲍勃。

鲍勃留着浓浓的八字胡，遮住了上嘴唇。托尼是妈妈的前男友，在鲍勃之前，托尼经常戴墨镜。托尼之前是德维恩，手腕上有个纹身。没有一个男朋友真正同安妮讲过话，除非安妮问他们点什么。

火车上，鲍勃拉过妈妈的手，把玩起来，但是她推开了，朝女儿点点头。安妮不明白，这是否意味着妈妈不喜欢鲍勃呢？

他们走进红宝石码头游乐场的大门，穿过尖顶、高塔和巨大的拱门。安妮盯着一个女人的形象不放，女人穿了件高领毛衣，手持阳伞——正是红宝石夫人本人——她正欢迎客人来到自己的游乐园。爸爸离开家后，安妮经常跟妈妈一起来这里，只有她们俩。她们坐旋转木马，喝冰沙，吃玉米热狗，很有意思。但是最近，男朋友们也一起来了。安妮真希望还能回到从前那样。

妈妈买了二十张票，提醒安妮离过山车或者“弗雷迪自由落体”这种成人游乐项目远一点。安妮点点头。她清楚流程，知道小吃铺在哪儿，也知道碰碰车在哪里。她知道妈妈会和鲍勃一起离开，等到四点钟才会回来，问她：“你玩得开心吗，安妮？”可她其实并不在乎安妮到底开不开心。

下午三点左右，阳光炽烈，安妮坐在餐桌遮阳伞下。她很无聊。修理各种游乐设施的男人从旁经过，他的制服上有一小块布，上面写着“艾迪”和“维修”。他在路对面坐下，环顾四周，仿佛在研究游乐设施。

安妮凑过去，希望他口袋里有毛根条。

“打扰一下，艾迪·维，修工？”

男人叹了口气，“只有艾迪是名字。”

“艾迪？”

“嗯？”

“你能给我做一个……？”

她双手合十，仿佛在祷告。

“快说，小家伙。我可没那么多时间。”

当她开口索要一个小动物，艾迪便动手将黄色毛根条扭在一起，而后递给她一个小东西，模样像只兔子。安妮开开心心地接过去，跑回了餐桌遮阳伞下。

安妮把玩了一会儿小兔子，但很快又无聊起来。才两点钟。她走到中央大街，试着玩了个游戏，朝玻璃瓶投木环。这花掉了她一张票，但他们肯定会给你一份奖品。

三投没中之后，工作人员给了她一个小小的塑料包：里面是一架轻木做的小飞机模型碎片。她一块一块把飞机拼好，高高地扔出去。飞机在空中划了一个圈。她又飞了一遍。

最后一次也没投中，飞机滑过客人们的脑袋，降落在一段栏杆的另一侧。那段栏杆是为了防止有人进入“弗雷迪自由落体”基座区域。安妮朝两边看了看，大人们都高出她许多。

她从栏杆下面钻了过去。

她捡起飞机。

而后一个女人尖叫起来。

所有人都指向天空。

*

忽然间，一切都清楚了，萨米尔是谁，为什么他们在这家医院里，都清楚了。安妮的灵魂进入了自己年幼的躯体，躺在病床上，透过小孩子的眼睛向外看。她动了动脚，脚上穿着黄色的病号袜。

“你是我的医生。”安妮嗫嚅道。

“你的声音回来了。”萨米尔说。

安妮咳了两声，想让自己说话更沉稳些。

“我听起来像个小孩子。”

“在天堂里，你就是这样一路走下去。”

“为什么我要再次体验这一切？”

“因为所有事情都是密切相连的。长大以后我才意识到自己有多幸运。我认真起来。好好学习。去上大学，然后去念医学院。我专攻再植术。”

安妮眯起眼睛，“再植术？”

“是个专业术语，就是把肢体断开的部分再接回去。”

“所以你救回了我的手?”

“我和其他三个医生。只有几个小时能救你，之后做什么都来不及。”

安妮怔怔地盯着自己裹着绷带的稚嫩附肢。

“我记不起那场事故了，”她说，“我把所有事情忘得一干二净。”

“可以理解。”

“我真的很抱歉，可我真的不记得你了。”

萨米尔耸耸肩，“太多孩子不记得自己的医生。从接生他们的医生开始就那样。”

*

安妮端详着面前这张成熟的面庞，人到中年，双下巴严重，鬓角银发斑驳。在那双漆黑的眼眸里，她看见了那个冲动男孩的影子。

“如果这里真的是天堂，”她问，“为什么你会是迎接我的人呢？我看到的不应该是上帝吗？或者耶稣？或者至少是某个我记得的人？”

“时候到了自然会来，”萨米尔说，“但是你最先遇见的五个人，都是出于某个原因才被选中。在人间，他们都从某方面影响过你。或许你认识他们。也可能不认识。”

“如果我不认识他们，那他们又怎么能影响我呢？”

“啊，”他轻轻拍手，“现在来到了教学部分。”

他绕着床迈步，看向窗外。

“跟我说说看，安妮。世界是从你出生时开始的吗？”

“当然不是。”

“没错。不是在你出生时。也不是在我出生时。虽然我们人类在地球上制造了大量属于‘我们’的时间。我们度量它，比较它，把它放在我们的墓碑上。

“可我们忘了，‘我们’的时间和‘他人’的时间密不可分。我们来自同一个地方。也回到同一个地方去。因此一个纵横交错的宇宙才有意义。”

安妮看着洁白的床单，蓝色的毯子，还有重度包扎的手搭在自己那属于小孩子的肚皮上。而这一刻，恰好就是她的人生失去意义的时刻。

“你知道吗，”萨米尔继续说，“数百年前，人们用石膏和胶带重新粘鼻子？后来他们用酒精和小便来贮藏断掉的手指。在进行人体尝试前，他们先接上了兔子的耳朵。我出生前不久，中国医生尝试进行再植手术的时候仍旧在用针线，需要两天才能完成。

“人们痛哭流涕地说，若是他们爱的人能晚生五十年，或许便能从夺走他们性命的事故中生还。可是，也许正是夺走他们性命的噩梦，促使了治愈方式的出现。

“追赶那辆火车是我干过最糟糕的事情——对我自己而言。但是我的医生利用他们的知识拯救了我。而我又在你的身上将他们为我做的事情继续往前推进。我们在你的手上尝试了此前从未使用过的技术，能让动脉里的血管更好地流通。成功了。”

他俯身过来，碰了碰安妮的手指，她感到自己从小时候的躯体中抽离出来，回到了之前，大部分身体都不可见的形态。

“记住这个，安妮。每当我们有所建树，都是建立在前人的肩膀上。当我们崩塌的时候，也是前人把我们重新拼回去。”

萨米尔脱掉身上的白大褂，解开衬衫纽扣，一路解到可以把右边的袖子扯下来。几十年前不规则的疤痕出现在安妮眼前，如今已经淡化成奶白色。

“无论你是否认识我，我们都是彼此的一部分，安妮。”

他又把衬衫拉回去。

“下课。”

安妮感到一阵剧痛。她的左手重新出现。在天堂里，这还是她第一次感觉到痛。

“不会疼太久的，”萨米尔说，“只是个提醒。”

“提醒我失去的东西？”她问。

“提醒你所拥有的东西。”他答。

*

说罢，他们又回到了安妮抵达身后世界的地方，回到白雪皑皑的群山与鳞次栉比的高楼之间。铁轨上有巨轮出现，安妮看到一列火车正朝他们驶来。

“这里不是我想象中天堂的样子。”她说。

“好吧，”萨米尔说，“你得选择属于你的永恒设定。在人间，火车让我难以释怀。我再也没有搭过火车。但在这里没什么好怕的。所以我决定颠覆生而为人时的生活方式。如今我驾驶这列火车，想去哪就去哪。”

安妮茫然地望着他。

“你明白了吗？”他说，“这里不是你的天堂，是我的。”

火车抵达，车门滑开。

“该走了。”

“我们要去哪儿？”

“不是‘我们’，安妮。在天堂里，我这一站已经结束了。而你还要继续学习。”

他敲了敲火车外壁，一只脚踏上阶梯。

“祝你好运。”

“等等！”安妮说，“我的死。我是想要救活我的丈夫。他的名字叫保罗。他还活着吗？请告诉我。拜托了。告诉我，我有没有救活他。”

引擎咆哮。

“我不能说。”萨米尔说。

安妮低下头。

“但是其他人已经来了。”

“什么其他人？”安妮问。

萨米尔还没来得及回答，火车已经呼啸着开走了。

天空变成紫褐色。包裹着安妮的一切都被吸入空中，再变成粗粝的沙尘暴倾洒下来。

巨大的棕色沙漠将她包围。

只剩下她一个人了。

安妮犯了错

安妮的手依然因为三个星期前的事故而绑着绷带，为了固定手的位置，胳膊也被吊了起来。她坐在自己的床上，无所事事。他们不让她出门，妈妈不知为何切断了电视，还用剪刀一把剪掉了电线。

安妮走到窗边，看到洛琳在后院里抽烟。她的腿上放着几张报纸，眼睛却盯着邻居家的晾衣绳。安妮注意到，妈妈偶尔不太愿意看自己。也许父母都希望自己的孩子完美无缺吧。安妮研究了一下自己的左手，肿胀，怪诞。她再也不完美了。

楼下有动静传来。是敲门声。奇怪。一般人们都是按门铃才对。安妮走下楼梯，又听了听敲门声，轻轻的，带点迟疑。她拧开了门把手。

门廊上站着一个女人。她穿了件鲜红的夹克衫，嘴巴也涂得鲜亮，脸上擦了厚厚的粉，以至于整个面部毫无阴影。

“哦，哇哦，”女人说，“你是安妮，对吧？”

安妮点点头。

“过得好吗，小甜心？”

“还好。”安妮嗫嚅。

“我们一直都很担心你。”

“为什么？”

这个女人自始至终满脸堆笑，放在背后的手一直在比划什么动作，仿佛是在把空气往前推。

“你知道你有多幸运吗？”她说。

“我不觉得多幸运。”安妮说。

“不觉得？好吧。可以理解。你胳膊还痛吗？是这样，我朋友过来了。你能告诉他——还有我——究竟发生了什么吗？”

安妮不太明白。她看到一个男人匆匆忙忙往这边来，肩上扛着一个巨大的摄像机。她还看到男人身后跟着其他人，所有人都在狂奔。

“就从你记得的事开始吧，”女人说，“你去了红宝石码头，然后——”

安妮不由自主向后退了一步。所有人都挤到了门廊上，把摄像机和麦克风怼到了她脸上。突然间，她感到有人猛拉了一把她的衬衫。妈妈一个箭步挡在安妮前面，把安妮推到身后。安妮闻到了妈妈身上的烟草味。

“离我们远点！”妈妈喊道，“我要报警了！我发誓我一定要报警！”

她猛地摔上门，将怒气冲冲的面庞转向安妮。

“我是怎么告诉你的！不许开门！永远别开！那些

家伙就是趁火打劫的秃鹫！不许再开门了！明白我说的话没？”

安妮哭了起来：“对不起……对不起……”

妈妈也涌出了眼泪。安妮跑回楼上，狠狠摔上了卧室门。这就是如今的情形。每一天，她们俩总有一个人要哭。安妮不喜欢这样。不喜欢自己的手。不喜欢手上的绷带。她不喜欢人们对待她的方式。不管红宝石码头发生了什么，她都不喜欢，虽然那些事她并没有记住。

第二天一早，妈妈早早把安妮叫醒。

“起来，”妈妈说，她穿上了外套，“我们要离开。”

下一个永恒

安妮眼看天空的颜色变得更深，变成了金属灰与摩卡棕。左手出现了刺痛感。初来时体验到的轻盈已经消失。她觉得自己不太像个孩子，反而更像是学生，充满好奇，踌躇着去尝试，就好像死后也依然在继续成长。

独自在沙漠中，她看到远处有一小堆东西，除了自己之外，那一小堆东西就是这片不毛之地上的仅存之物。她用手将自己从流沙之中拔出来。

那一小堆东西渐渐靠近，安妮眨了眨眼才能确认自己究竟看见了什么：那摆放整齐的正是她的双脚，双腿，双臂，脖子，还有躯干。

是她分解的身体。

这是怎么回事？安妮心里犯嘀咕，努力把自己拉近一点，但是她突然动弹不得。沙子如棉花糖一般从指间一缕缕漏下去。她四下环顾，令人窒息的孤独感油然而生。事故之后的几年里，安妮经常有这种感觉，孤立无援，被人放弃，无法做任何事。可为什么在这地方会有这种感觉呢？天堂难道不应该是这种痛苦的终结吗？

安妮一动不动，似乎过了很久很久，直到死寂之中传来遥远的吵闹。喧哗声迅速变大，起初难以辨认，但很快就清晰可辨。

不可能吧，安妮心想，是狗叫？没错。随后又是一声犬吠。之后便是极其刺耳的嚎叫与短促的尖叫。

安妮转过身，看见沙砾飞扬，小小的尘团滚滚而来。很快，一大群狗——各个品种与大小——将她包围，群情激昂地狂吠，抓住她散落的肢体，抛向空中。

安妮伸手堵住耳朵。“别叫了！”她尖叫起来。她的声音比和萨米尔在一起时低沉，但对那些动物毫无影响。它们低吼，尖叫，漫天扬沙。

一只棕色的拉布拉多犬嘴里叼着安妮的一只脚晃来晃去。“不行！”安妮尖叫着一把抢过来，“这是我的脚！”身披稀疏长毛的阿富汗猎犬叼着她的另一只脚，从她身边飞奔而过。“放下！”她大喊着把脚抢下来。

就在这时，狗狗们突然间挤作一团，齐刷刷冲向地平线，并且带走了安妮剩下的身体部分。

“别跑，等等！”她听到自己大喊。

狗狗们回过头来，仿佛是催促她跟上去。安妮仔细观察这片寸草不生的荒漠。无论等在前头的是什么，比起这片不毛之地，肯定都能给她更多答案。于是她把两只脚摆在面前，铆足劲站上去，直到感觉自己站稳了。

“来吧。”她对自己说。

而后，安妮迈开腿，奔跑起来。

安妮在天堂里遇见的第二个人

一个又一个世纪以来，人类为死后世界描摹出无数图景；哪怕有人描绘过独自游荡的亡灵，那也一定是极少数。虽然活着的时候我们有各种各样的方式来自我孤立，但往生极乐之时一定有人伴随左右：上帝，耶稣，圣徒，天使，我们所爱之人。孤零零的死后世界似乎阴森得难以想象。

或许因此安妮才追着狗群穿越天堂，全然不知它们会把她带向何方。她追着这些动物爬上一个陡峭的斜坡，翻过山脊，进入山谷。头顶的天空再一次变幻颜色，从芥末黄变成梅子红，再变成森林绿。这些颜色，以及她来到天堂之后天空出现的所有颜色，无不反映了她在人间时的情绪，当某段人生重播时，颜色也随之重新呈现。但安妮是不可能知道的。

她一直追着狗跑，直到狗狗们脱离队伍，像轮辐一样四散开来。地面分裂成棋盘格，每个格子都是一小块草坪，每块草坪上都有一扇设计截然不同的门，木门，铁门，油漆门，有些满是污垢，有些时髦，有些古老，有些是长方形，有些顶端是圆的。狗狗们乖乖地蹲坐在门口，一个门口守着一只狗，仿佛在等待什么人走进门去。

“安妮，”一个气喘吁吁的声音说，“终于。”

安妮猛回过头，瞧见一位优雅的老妇人。老妇人看上去已经八十多甚至九十岁了，有一头厚厚的银发，鼻梁高挺，下巴内敛，眼眸大而悲伤。她穿了件及膝的皮毛外套，项链上点缀着彩色的小石头。

“你是谁?”安妮问道。

老妇人似乎很失望。

“你不记得了?”

安妮细细打量她微笑的面庞，皮肤褶皱，面颊松弛凹陷。

“你是……”

老妇人昂起头来。

“我的第二个人吗?”

“没错。”

安妮叹了口气，“很抱歉。我还是不认识你。”

“这个嘛，我们相遇的时候，你正度过一段艰难的时光。”

“那是什么时候？我们都做了什么？如果你曾出现在我的生命里，为什么我一点印象也没有呢?”

“呃。”

老妇人来回踱步，仿佛在思索该怎么说。而后她停下来，指向蓝色的地平线，一辆车正从那里向她们驶来。

“我们去兜兜风吧。”

*

转眼间安妮就坐在了副驾驶上。她还是独自一人。没有人开车。车子飞速穿过柔软的云朵与耀目的阳光。老妇人跟在车旁奔跑，透过车窗往里瞧。

“你不想进来吗?”安妮高声喊道。

“不想，这样就很好!”老妇人喊话回她。

最终（虽然在天堂里安妮无法估量时间——似乎一切都发生在眨眼间，却又用了一辈子那么久）车停了下来。安妮下了车。老妇人站在她身边，呼吸粗重。在一个脏兮兮的停车场边上，有一栋单层建筑。建筑物上是蓝白相间的招牌，写着“佩图玛县动物收容所”。

“我记得这栋楼，”安妮小声说，“我的狗就是从这里来的。”

“没错。”老妇人说。

“克莉欧。”

“啊哈。”

“你在这里？”

“当时在。”

老妇人坐了下来。

“你还记得什么？”

*

安妮还记得的是：她和妈妈一直生活在同一条街上的同一栋房子里，突然有一天，她们就离开了——就那么钻进车里，驱车离开，私人物品都放在手提箱或者大大的黑色塑料袋里，大旅行箱用橡皮带紧紧绷上。

她们连续开了好几天，在加油站或者快餐店吃饭，睡在车里，最终停在了一个叫亚利桑那的州，在那里，她们短暂地住过一阵路边的汽车旅馆，那个旅馆有浅绿色的地毯，电话上还有锁。

之后呢，她们搬到了一辆拖车上。车就驻扎在一个没有树木的公园里，占据了一大片地方，和其他拖车停在一起。她们在拖车里睡觉、吃饭、洗澡、浣衣。她们与外部世界的唯一联系就是去超市采购，去当地图书馆（给安妮借书），还去附近的一家医院，安妮在那里更换绷带，调整夹板。安妮还是无法使用左手，有时候她觉得指尖毫无知觉。她不知道是否余生都得像这样生活，拿任何东西都只能用一只手，用胳膊肘去推开各种障碍物。

与此同时，生活准则已是板上钉钉。妈妈不允许安妮自己去公园玩。不可以穿着袜子走来走去（以防滑倒）。滑板简直危险至极，爬树和公园里的所有器械也都一样危险。所以大多数时候，安妮都在读从图书馆借来的书，把书塞进形同虚设的左手，而后用右手翻书。

一天早上，洛琳带着安妮去了法院大楼，她们得去那里签字。

“为什么呢?”安妮问妈妈。

“我们要改名字。”

“我不再是安妮了?”

“改姓氏。”

“为什么呀?”

“理由不重要。”

“为什么呢?”

“我以后会和你解释。”

“什么时候?”

*

她从未得到那个答案。几个月过去了,安妮越来越痛苦。亚利桑那总是酷热难耐,公园里都是无聊的老人。洛琳从不与邻居说话。她也让安妮不要和他们说话。深夜,安妮听见妈妈在自己的卧室里哭泣。这让安妮很恼火。

我才是受伤的那个人,她心想。

安妮心中积攒起沉默的幽怨，这便是开端。而这怨念让安妮愈加孤独，也愈加助长了她的痛苦。洛琳哭得次数越多，安妮就越不想跟她说话。

有那么一段时间，她们俩几乎不说话。愤怒鼓动了安妮的勇气，她开始打破规则。洛琳不在家的时候安妮就偷偷溜出去。她在图书馆的某本书里读到过，你可以种下一朵花上的叶子，这样就能长出新的花朵来。所以安妮偷偷把剪刀塞到T恤下面，从邻居的花园里剪下叶子。她把叶子栽进小洞，用纸杯往上浇水。这件事她坚持了好几周，期盼生命萌芽的痕迹。若是听见有车靠近，她就迅速躲回拖车里。

但是一天下午，安妮动作太慢，妈妈下班回来，看见安妮正把拖车门拉上。

第二天，拖车就从外面锁上了。

日子就这样一天天流逝。一天晚上，两人在拖车逼仄的小厨房里吃饭，太安静了，安妮听得见洛琳嘴巴里的咀嚼声。

“我还能去上学吗?”安妮问。

“暂时不行。”

“为什么?”

“我得忙工作。”

“可我在这里一个人也不认识。”

“我知道。”

“我们什么时候回家?”

“我们不回家。”

“为什么?我一个朋友也没有!我想回家!”

安妮的妈妈咽下食物,默默起身。她把餐盘扔进水槽,发出刺耳的摩擦声。而后她回到咫尺之外的卧室,关上了门。

第二天早上,她早早叫醒安妮,用芝士碎做了炒蛋。她一言不发地将炒蛋盛进安妮的盘子。安妮吃完后,洛琳宣布,“我们要去兜兜风。”

外面下着小雨，安妮全程双臂抱在胸口，老大不高兴地撇着嘴。最终，车子停在了一个脏兮兮的停车场，边上有一栋单层建筑，还有一块蓝白相间的招牌，上面写着“佩图玛县动物收容所”。

她们朝后门走去，安妮听见了犬吠，眼睛陡然睁大。

“我们要养只狗吗？”她问。

妈妈停下脚步，脸色似乎再也绷不住了。她咬了咬嘴唇，眨了眨眼，把眼泪憋了回去。

“怎么了呀，妈咪？”安妮问道。

“你在笑。”妈妈说。

*

那一天，安妮从无数被救助或被遗弃的狗身边走过。她看着它们跳起来，用爪子拍打笼门。经营收容所的女士说安妮可以任意挑选一只自己想要的狗，所以安妮仔仔细细地打量这些狗。她和几只狗玩了一会儿，随它们舔她的脸颊和手指。在一排笼子的尽头，她看到一个笼子里有三只咖色与白色相间的小奶狗。两只朝门跑过来，后腿站着吠叫。第三只仍然待在顶里面，脖子上围了个塑料的漏斗形罩子。

“那是什么?”安妮问。

“伊丽莎白圈，”女士回答，“让狗狗不能咬啊舔啊。”

“咬什么，舔什么?”洛琳问。

“它的伤口。我们发现它的时候，它需要做手术，”女士抖了抖手中的钥匙串，“一个残酷的故事。”

洛琳拍了拍安妮的肩膀，“来吧，亲爱的，还有其他狗狗要看呢。”

但是安妮定住了。她从这个小生命的身上感受到了某种特别的东西，这个小家伙和安妮一样，都受了伤。安妮模拟亲亲的声音，狗狗朝前走来。

“你想跟它玩玩吗?”女士问她。

安妮的妈妈愠怒地看了那位女士一眼，但女士还是打开了笼子。

“过来，克莉欧，”她召唤，“有人想要见你。”

*

当安妮对老妇人重新讲述这个故事时，彼时的画面浮现在她们眼前。收容所的经营者一头长发里约略夹杂银白，穿着蓝色牛仔裤，黑色运动鞋，身上则是褪色的法兰绒衬衫。她把戴着脖圈的小狗递给安妮时，脸上洋溢着微笑。

“那是你吗？”安妮问。

“没错。”老妇人说。

安妮环顾左右。

“我妈妈在哪儿？是她带我来这里的。”

“这里是你的天堂，安妮，与我的天堂出现了交错。其他人皆不在其中。”

这话让安妮有些犹疑。她绷紧了身体。

“我对你做了什么吗？”

“这个嘛，没错。”

“我是来这里修正什么的吗？”

“修正？”

“弥补错误。不管是什么错误。”

“为什么你会觉得是个错误呢？”

安妮并没有说出自己心中所想：她这一辈子都在犯错误。

“跟我说说克莉欧。”老妇人说。

*

克莉欧是比格犬和波士顿梗犬的杂交，事实上，近一年时间里，克莉欧都是安妮最主要的同伴。洛琳只能找到兼职工作，她在一家汽车配件工厂上白班，安妮醒过来时她已经离开，要到下午才能回家。每天早上安妮都得给妈妈打电话，告诉她自己已经吃过早饭，安妮非常讨厌这个规矩。她尤其讨厌挂断电话，又剩下自己一个人。有了克莉欧在身边，拖车里终于有了另一个在场的生物——一个毛茸茸、一尺高的存在，有一双耷拉下来的棕色眼睛和口套下仿佛微笑一样弯弯的嘴巴。

去过收容所的第二天，安妮给自己倒了一碗谷物麦片，给新来的狗狗倒了一碗狗粮。她看到克莉欧戴着伊丽莎白圈，吃东西非常不便。克莉欧肩膀附近的手术伤口依然泛红。是怎样受的伤呢？安妮很好奇。它是在跑的时候撞上了什么尖锐的东西吗？是别的狗攻击它了？

脖圈阻碍了克莉欧进食，它哀嚎起来。安妮不应该把脖圈拿下来，妈妈已经叮嘱过她六次。可是狗狗看着安妮，仿佛是在乞求帮助，安妮心里太难过了，于是俯过身去，用她完好无损的那只手解开了搭扣。克莉欧立刻冲到了碗边。

狗粮全都吃完后，安妮轻轻拍了拍大腿，克莉欧便爬了过来。它爬上安妮的大腿，嗅了嗅她被夹板固定住的手指。就算把它给引开，这只狗还是回到安妮的伤口处，用嘴巴舔，用鼻子拱。

“你想看？”安妮问。她将手臂从悬吊的绷带里抽出来。克莉欧舔着她手腕上的皮肤，呜咽起来。安妮心中翻江倒海，仿佛这只狗本不应该明白这么多，可它确实明白。

“还是会疼，”安妮小声说，“我都不知道自己到底干了什么。”

她意识到自己哭了。或许是因为她将这些话大声说了出来。我都不知道自己到底干了什么。安妮越是哭，狗狗也越是跟她一起呜咽，抬起嘴巴，舔舐她的眼泪。

“你知道吗，”老妇人站在长大成人的安妮身边，开了口，“狗狗会先走向一个正在哭泣的人，而不是微笑的人。如果身边的人伤心难过，狗狗也会跟着伤心难过。它们生来如此。这叫做共情。

“人类也有共情能力。只是被其他的东西阻碍了——自满，自怜，认为自己的痛苦一定是摆在第一位的。狗狗们没有这样的问题。”

安妮看着年少的自己用脸颊去蹭克莉欧的口鼻。

“我是那么孤独。”安妮低声呢喃。

“我看得出来。”

“我失去了我所熟悉的一切。”

“很抱歉。”

“你有过那种感觉吗？”

老妇人点点头，“有过一次。”

“什么时候？”安妮问。

老妇人指了指拖车窗户。

*

安妮上前一步。她并没有透过车窗看到外面的景象，反而看到了一个黑漆漆的房间，在一栋废弃的房子里，房间里没有家具，一扇窗碎了，后墙上喷满涂鸦。角落里，安妮看到一双眼睛，闪烁着微弱的光芒。安妮意识到那是一只很大的狗妈妈，躺在肮脏的地板上，幼崽环绕在它身边，磨蹭着它的小腹。

“它在一周前生了小宝宝。”老妇人说。

“它为什么会在这栋房子里？”

老妇人还没来得及回答，门就突然开了，跌跌撞撞地进来两个穿着T恤衫、牛仔裤和靴子的男人，其中一个头戴滑雪帽，手里拿着啤酒罐。听到狗妈妈的低吼时，他们退缩了。

戴滑雪帽的男人踌躇了片刻，便从屁股后面掏出一把枪来。

“不……”安妮低语。

男人按了三次扳机，每开一枪，就制造出一次小小的橘色爆炸。两个男人哈哈大笑。他们大口喝酒，然后再开枪。又射了五枪之后，两个人摇摇晃晃地出门去了。

“发生了什么？”安妮问，“刚刚到底发生了什么？”

老妇人别过脸。安妮听见窗外传来模糊的笑声，还有角落里哀戚而尖厉的嚎叫。她看到小奶狗们用爪子扒拉刚刚死去的妈妈。泪水顺着安妮的脸庞滚落下来。

“他们杀了它?”

“还有它的几个孩子,”老妇人说,“三只活了下来。”

“可怜的母亲。”

“没错。那是我最后一次见到它。”

安妮眨了眨眼,“你说什么?”

老妇人拉下外套的领子,俯身过来,露出了肩上陈旧的枪伤。她伸手触碰安妮潸然泪下的脸庞。

“我为你哭过。现在你为我哭泣。”

安妮犯了错

安妮套上T恤，给克莉欧拴上皮带。

“我们走吧，小姑娘。”

事故过去了八个月，安妮的绷带不见了，克莉欧的塑料脖圈也摘掉了，新长出来的毛覆盖了旧日伤口。但安妮的手却布满红色的疤痕，因为血液循环不均而褪色。手指常常不自觉地蜷曲，让手看起来像只爪子。安妮真希望自己也能像克莉欧一样，伤口上能够长出毛发来。

“现在跟着我，”安妮说着蹬上自行车，“不要跑到前头去。”

妈妈不允许她自己骑车。她也不应该带克莉欧去拖车公园以外的地方。但长期独处让她足智多谋。而且她有一样东西想看。

“来吧，姑娘。我们走啦……”

她蹬着脚踏板，狗狗便在一旁嬉闹，大多数时候她都是用一只手扶车把，这是她学会的绝技。她们穿过一小片林地，骑过一条街道，经过了几片树篱。安妮停了下来，放下自行车脚架，沿着小山坡往下走，克莉欧寸步不离跟在她身边。她们来到一处栅栏边，安妮用手指勾住栅栏。

她的面前是一所学校，就要下课了，安妮知道，因为她之前来过。

铃声响起，孩子们蜂拥而出。他们围着秋千架四散开来。有些人在踢球，吵吵嚷嚷，听起来很开心。安妮低低地蹲下来。这时她发现两个和自己年纪相仿的小姑娘正朝楼的一边走去。其中一个一头金色直发，身穿黑色牛仔裤和粉色运动鞋。安妮真希望自己也能拥有一双粉色运动鞋。

“待在这儿。”安妮小声说。她把克莉欧的皮带绕在栅栏上。克莉欧哀嚎起来，安妮说：“嘘！”而后蹑手蹑脚地走开了。

安妮一直沿着栅栏的外缘往前走，转过一个弯，地面刚刚施过肥，因为喷过水湿漉漉的。她看到那两个姑娘了，她们靠在学校的围墙上。其中一个姑娘从口袋里摸出什么东西来，用在了另一个姑娘的嘴巴上。口红吗？安妮太好奇了，她爬到了一个树墩顶上，想看得清楚些。两个姑娘正盯着什么东西瞧，还在扮鬼脸——是镜子，也许吧？——安妮好奇那是什么颜色的口红。

突然，两个女孩儿朝安妮这边转过来，安妮一下子失去了平衡。她摔了下来，坏掉的那只手先着了地，一阵钻心的疼痛流遍全身。安妮咬住下嘴唇，潮湿的肥料粘到了胳膊上，可她没有动，生怕那两个女孩儿靠近过来。

最终，铃声响起，喧哗消退。安妮慢慢站起来，手腕抽痛，拖着迟缓的步伐回到了留下克莉欧的地方。

可是她回到那里，发现狗狗不见了。

心跳骤然加速，“克莉欧？”安妮呼唤道，“克莉欧？”

她沿着栅栏一直跑，一无所获，于是又跑回来，还是一无所获。她一路跑上山坡，跑回自行车边，仍旧一无所获。接下来的一个小时，她绕着同一条街一圈圈打转，眼里全是泪水，安妮一遍遍呼喊克莉欧的名字，祈祷能够听到克莉欧吠叫着回应她。

最后，她知道妈妈就要下班了，只好踩着自行车回家，一路都在啜泣。回到拖车时，她怔住了，长舒一口气。克莉欧就在那里，就坐在门边，皮带像条蛇一样拖在身后。

“哦，克莉欧，过来!”狗狗跑向安妮的时候，她喊道。克莉欧跳进安妮怀里，舔着她胳膊上的肥料。这样更好，安妮想到，一只爱我的狗狗，一只看见我就开心的狗狗，比那些女孩儿和她们傻兮兮的口红好多了，今天是这一周里最棒的一天。

第二堂课

安妮盯着穿了外套的老妇人。

“你是说……?”

“我是克莉欧。”

“可你是个女人。”

“我觉得用这种模样见面可能方便些。”

“收容所的经营者，我刚刚问了你是不是那个人——”

“当时她抱着我。你问我‘那个’是不是我。或者我以为你是那么问的。抱歉。我们总以为事情跟我们有关，但其实并不。”

安妮打量起老妇人凹陷的皮肤，高耸的鼻梁，还有牙齿间的空隙。

“克莉欧。”她低声嗫嚅。

“是我。”

“我们在交流。”

“我们总是在交流。你不是都知道吗，我饿的时候，我害怕的时候，我想出门散步的时候。”

“我都是猜的，”安妮说，“那你呢？我对你说话的时候你明白吗？”

“我明白的不是你的语言，而是你的意图。狗狗的听法和人类不同，我们能够侦测到你们语气之中的情绪。生气，恐惧，轻松，沉重——我都能从你的声音里判断出来。我可以从你的皮肤上闻出你一整天的经历。你吃了什么。何时洗的澡。什么时候把妈妈的香水喷在了手腕上。还记得吗？你会溜进她的房间，坐到她的镜子边，把手伸给我闻。”

安妮深深看进克莉欧的眼睛，试图想象出它原本的模样，它巧克力色的皮毛，垂下来的薄耳朵。她想起的也同样是此刻克莉欧回忆起的事。她想起克莉欧年纪大了。就连克莉欧去世的那一天她也回想起来，妈妈开车带她去兽医办公室，懒洋洋的克莉欧趴在她的膝头慢慢呼吸。可她不明白，事到如今，这些记忆为何至关紧要。

“你为什么在这里，克莉欧？”安妮问。

“教给你一些事情。你在天堂遇见的每一个灵魂都会做这件事。”

“所以动物也有灵魂？”

克莉欧似乎很惊讶。

“它们为何没有呢？”她反问。

*

景色忽然发生了变化，她们出了拖车，远离了废弃的房屋。此刻她们正在浅绿色的天空里浮游，身处一个巨型床垫之上，床垫上有橘色的床单和粉色的枕头，枕头像小山丘似的。

“等等，”安妮说，“这是我以前的床——”

“没错。”

“好大啊。”

“这个嘛，这是它在我眼中的模样。每当你喊我的时候，我就得跑着跳上去。”

“你为什么会——”

“孤独，安妮。我之所以在这里，就是为了解释孤独。你感受过孤独。你因为孤独而痛苦。却从未理解过孤独。”

“孤独有什么可去理解的？”安妮不耐烦地说，“孤独多可怕啊。”

“也不总是那么可怕。

“还记得我是怎么说共情的吗？你有没有想过，如果你不是那么孤单的话，还会在收容所选择我吗？或者还会在第一个早晨就取下我脖子上的伊丽莎白圈，让我自在进食吗？你的孤独给了我一个家。还有幸福。

“还记得我对你说过的共情能力吗？这种能力是双向的。我受了伤。与众不同。你也觉得……”

安妮瞥了一眼独立在外的那只左手。

“受伤，”她自言自语，“与众不同。”

“还有……？”

“孤独。”

老妇人冲枕头点了点头，安妮看见了童年的一千多个夜晚，她的怀中都抱着心爱的同伴。

“并不孤单。”克莉欧说。

*

景色再一次转变，又变回了安妮之前见过的棋盘格草坪，数不清的狗狗耐心等在每一扇门边。

“你有没有考虑过，这个世界上到底有多少生灵？”

克莉欧问，“人类。动物。鸟。鱼。树木。真让人疑惑，怎么会有人感到孤独呢？可是人类却会孤独。真是遗憾。”

她望向天空，此刻天空是深紫色。“我们惧怕孤独，安妮，但孤独本身并不存在。它没有形态。不过是落在你我身上的一片阴影。正如光线流转，阴影便会消亡，一旦我们看到了真相，沮丧的感觉也会瞬间瓦解。”

“那真相是什么呢？”安妮问。

“当有人需要你的时候，孤独便终结了，”老妇人微微一笑，“世上从来不缺需要。”

*

此话一出，草坪上所有的门全都摇晃着打开，露出了数不清的面孔，每一张脸都没有表情，拄着腋杖的小孩，坐着轮椅的大人，士兵的制服上污迹斑斑，丧偶的女子遮着面纱。安妮感觉得到，他们无不需要某种安慰。狗狗猛然跃向他们，尾巴不停摇摆。他们对这些悲伤之人又是舔又是蹭，人们则反馈以拥抱，将狗狗们轻轻抱在怀中。阴冷的面容融化成充满感激的微笑。

“这是我的天堂。”克莉欧说。

“看着人们回家来？”安妮问道。

“感受他们回家时的喜悦。灵魂与灵魂再相逢。多么神圣啊。”

“可是这种事每天都在发生。”

克莉欧歪过脑袋：“神圣的事情不能每天都发生吗？”

安妮目睹眼前喜悦的重逢，心中忽然一阵懊恼。很显然，死后世界一定会被其他人填满，她现在明白了。可她的死后世界却没有保罗，这个她最爱的人。她怎能满足呢？

“怎么了，安妮？”

“我丈夫。我一直努力想让他活下来。不知道我有没有做到。我唯一记得的只有手术间，医生的手搭在我的肩膀上，他说：‘一会儿见。’但是然后呢，就没有然后了，”安妮拼命组织语言，“只要保罗活着，我死了也没问题。只要告诉我，我的死没有白费就行。”

老妇人露出了微笑。

“为他人所做的事情，永远也不会白费。”

*

说完这句话，克莉欧冲最后一扇门点了点头。随着那扇门呼扇着打开，安妮看到九岁的自己跳下自行车，冲过去拥抱克莉欧，那正是她以为自己失去了克莉欧的那一天。

与此同时，老妇人靠在了安妮身上，安妮的手指和掌心忽然充满了温度。她的手腕重新出现，还有她的手肘、二头肌和肩膀。

“我的手臂，”安妮惊叹，“它们回来了。”

“是为了拥抱你的所爱。”克莉欧低声说。

而后，在安妮崭新的怀抱里，克莉欧的女性形态开始缩小。她的外套越来越紧，变成了一身皮毛。腿也一点点缩短。耳朵和口鼻变长。她又变成了在世时那种小狗的模样，安妮把它抱起来，说：“这就是你啊。克莉欧。克莉——欧！”

脑海中的回忆汹涌泛滥：克莉欧追着安妮的自行车奔跑，克莉欧撕咬安妮盘子里的披萨，安妮给她挠肚子的时候它就蜷成一团。她感受到了遗失多年的喜悦。历经重重岁月，经过了所有的沮丧与失望，安妮再一次抱起了从前的狗狗。或许克莉欧说得对，重聚是神圣的。

“好姑娘。”安妮小声说，感觉到一条充满感恩的舌头轻轻舔舐她的脸颊。“好姑娘。”她闭上眼睛，沉浸在旧日的感觉里。

当她再度睁眼，怀中空空荡荡，她再一次孤身一人身处沙漠之中。

星期天，上午11：14

托尔伯特气炸了。他一直在给助手泰迪打电话，已经打了一个小时，但是没有任何回音。

*你怎么能不接电话呢？万一我是客户呢？*托尔伯特发誓，别让他看到泰迪，否则马上就把他开除掉，哪怕现如今要找个热气球驾驶员并不容易。

托尔伯特很晚才进入热气球这一行，那时他五十二岁，从海军退伍。此前他就是飞行员，哪怕退役时他说自己年纪太大，不适合飞行，却还是保留了航空爱好。热气球绝对不是战斗机，但能带他上天，需要的专业知识也很相似：风势与天气分析，装备检查。托尔伯特喜欢自力更生地工作。

好吧，基本上是，在为泰迪的不负责任而烦恼时，他心想，基本上是自力更生。

他驾驶妻子的车转入一条尘埃狼藉的路，离储藏热气球装备的仓库相距几英里。他斜眼瞟向窗外，而后猛地踩下了刹车。

前头有四辆警车挡住去路，警灯不停闪烁。

一个警察正招手示意托尔伯特过去。

下一个永恒

巨风吹走了沙海，安妮感到自己升入空中，深深浅浅的猩红色与玫瑰色翻涌着包裹住她。她像拴在链子上的怀表一样飞速旋转。而后，她开始反抗，这还是进入天堂之后的头一次。安妮胡乱挥舞四肢，仿佛要挣脱掉挂钩。她的腿已经回来了，于是便用腿去踢，直到最后一次大力挣扎让她得以逃脱，掉落下去。

安妮从空中坠落，穿过珊瑚色的云朵，一路下坠，直至看见下方有一座巨大的粉色岛屿，有五处如轮辐般探出的半岛。她做好了狠狠撞上去的准备，但在最后一刻她翻了个身，后背软绵绵地着陆了。

她落在了粉色的云彩上。

“你好？”安妮放声呼喊，她的声音里回荡着少女特有的音色，“有人吗？”

她动了动胳膊和腿，确保一切正常运转。安妮站起来，觉得自己又长大了一些，也更强壮了，似乎在穿越天堂的同时也在修复人间的躯体。她的心智也成熟了许多。她满心焦躁，是属于年轻人的焦虑。她想要答案。

安妮低下头去看冰冻的粉色地表。

她坠落之处印出了一个雪天使的痕迹。

*

安妮四下张望。有人要来迎接她吗？她走了起来，而后变成了慢跑，随后一路狂奔，高高抬起膝盖，松动周遭的积雪。她回想起童年的冬天，眨眼间小时候的紫色夹克、皮靴子还有黑色滑雪裤就穿在了身上，仿佛回忆为她精心穿戴。

目之所及，雪地无边无垠。天空中划出一道道肉桂色的光芒。安妮朝延伸的半岛跑去，直到筋疲力尽。她闭上眼睛，专注思考。

等她睁开眼，发现先前的雪天使来到了面前。只不过这一次，雪天使不太圆整的头上有两只眼睛在向外张望。

安妮稍微动了动，那双眼睛便追着她动。

“你是为我而来吗？”安妮试探性地发问。

“你是为我而来吗？”一个声音重复道。

安妮左顾右盼。

“我认识你吗？”安妮问。

“我认识你吗？”那个声音又重复了她说的话。

安妮探过身子，眯起眼睛。对面的眼睛也眯了起来。安妮本能地缩了回来。每一天她都能在镜子里看见这双眼睛。

“你是……我？”安妮问道。

没有回答。

“说点什么呀？”

眼睛向上方望去。

“你在看什么呢？”

话音刚落，粉色的云朵轰鸣着迁徙，五个半岛如手指般蜷缩起来。安妮意识到自己根本就不是在什么岛上，而是在一个宽大的掌心里。

“你好呀，亲爱的。”

安妮浑身一颤。不可能，她心想，因为她立刻认出了这个声音。她也同样抬起眼睛，望向雪天使凝视的方向，天空被一张她此生最熟悉不过的脸填满了。

“妈妈？”她呢喃道，“是你吗？”

安妮犯了错

安妮十二岁，即将进入初中。她希望初中能比小学好一些。三年级课程进行到一半的时候，洛琳终于给安妮登记入学。安妮成了“新来的孩子”。入学第一天，老师分发了美术用品，而她无法用左手将工具握紧，当着大家的面把东西全都掉在了地上。其他孩子哄堂大笑。

“现在，同学们，”老师提醒大家，“不能因为某个同学和大家不一样，就用特殊的方式对待她。”可安妮知道，这无异于邀请大家来区别对待自己。所以安妮越来越不自在。

一周又一周过去了，她试着交朋友，有时会通过送礼物去结交。她偷偷从家里藏起一包包的巧克力碎饼干，课间就拿出来分给大家。有一天她听到几个女生在聊蓝精灵娃娃，所以和妈妈一起去商店的时候偷了一整盒蓝精灵，藏在运动衫下面。她也把这些娃娃送了出去——结果引起了某个老师的注意，她给安妮的妈妈打去电话，妈妈非常窘迫，把安妮拽回商店，强迫她向经理道歉。

整个四年级，还有五六年级的大部分时间，安妮都得佩戴夹板，保持手指伸直。丑陋的紫色伤疤特别惹眼，于是安妮养成了藏起左手的习惯，藏到一切能藏的地方——背后，夹克口袋里，用笔记本挡起来。甚至全然不顾亚利桑那的炎热天气，总是穿长袖衣服。

妈妈坚持让她每天多做几次康复锻炼，让拇指能够触碰到每一根手指，就好像是在比划OK的手势。安妮在自己的座位上做这个动作，希望没人能注意到，结果跟一个名叫特雷西的女孩儿发生了不愉快。

“OK，安妮，OK!”特雷西大喊大叫着伸手模仿安妮的动作。其他人哈哈大笑。于是“OK安妮”就成了她的绰号，绝大多数孩子都这么叫她。

保罗——她在跳背游戏中认识的男孩——从来没有这样叫过她。在他身边，安妮觉得很安全。他常常笑，显得很自信。有一天，在食堂里，他问都没问就俯过身来，伸手抬起了安妮的手。

“也没有那么糟糕啊。”他说。

“多恶心啊。”安妮说。

“我还见过更糟糕的。”

“在哪儿?”

“我看过一个家伙的照片，被熊咬了。那才是真恶心。”

安妮差点笑出声来。

“我可没有被熊咬。”

“肯定不可能。亚利桑那没有熊。”

这一次安妮笑了。

“你想变回去吗?”保罗问。

“你是说，变回正常的样子?”

“没错。如果能变回去你愿意吗?”

“你在开玩笑吗?当然愿意。”

“我不知道，”他耸耸肩，“这只手让你与众不同。”

这正是问题所在，安妮心想。不过她仍然感激保罗的同情。随着对他的了解不断加深，她知道了保罗喜欢橄榄球和与外太空相关的一切。去图书馆的时候，安妮浏览了一堆天文类书籍，直到发现了一个讲北极光的章节，保罗总是提起北极光。第二天上课前，她把书放在了保罗的桌子上。

“瞧瞧我找到了什么。”她说。

保罗的嘴角漾起一个微笑：“什么?”

"就是我正在读的书。"

她快速翻开北极光那一章，保罗睁大眼睛说："不可能！"安妮心中暖洋洋的，把书推到他跟前。

"给你的。"

"我以为你正在看呢。"

"我可以等你看完以后再看啊。"

"酷，"保罗说着接过书来，而后又补充道，"太谢谢你了，安妮。"

不是"OK安妮"，只是安妮。

*

如今他们俩都升入了初中，安妮希望能有更多机会看见保罗，可妈妈还是继续掌控她的一举一动。每天早上她送安妮上学，下午她都把车停在学校大门口，朝安妮按喇叭。安妮深深低下头，步伐僵硬地走到车边，清楚无误地听见了其他孩子的讥笑。

某一天下课后，安妮站在楼前的连廊处，透过玻璃向外张望。窗外有一小撮漂亮姑娘，肩膀上全都挂着紫色背包。安妮略显踌躇。有这些姑娘在旁边，她可不希望妈妈摁喇叭。

“在等她们离开？”保罗问。

安妮抬头看他，刷一下红了脸：“有那么明显吗？”

“来吧。我想跟你妈妈谈谈。”

安妮还没反应过来，保罗已经走出门去。他昂首阔步，充满自信，安妮匆匆忙忙地追上去。她看到那些背紫书包的姑娘都在注意这边的情况。

洛琳有点犹豫，“你好，保罗。”

“既然我们都在这个新学校，我可以送安妮回家，这样你就不用每天接她了。我住得离你们不太远。”

安妮心跳加速。保罗想送她回家？

“谢谢你，保罗，”洛琳说，“不过我们这样挺好的。来吧，安妮，我们还有事情要办。”

安妮并不想上车。她不想打开车门。保罗为她开了门。她慢吞吞地坐进去，一脸不痛快地任他再把门关上。

“要是你改变主意的话……”保罗说。

车开走了。

“再见！”他喊道。

安妮觉得皮肤变得滚烫。保罗刚刚的提议恰恰是她最强烈的愿望，可是妈妈想都没想就给浇灭了。

“你为什么非要对他那么尖刻？”安妮气鼓鼓地说。

“你在说什么啊？我一点也不尖刻啊。”

“你有，你就是尖刻。”

“安妮——”

“你就是！”

“他还只是个小男孩——”

“上帝啊，妈妈！你为什么无时无刻不在左右？我真是烦透你了！你完全把我当成一个小婴儿！就是因为你我才没有朋友！”

妈妈抿起嘴巴，仿佛是把想要嚷嚷出来的话生生嚼碎了吞回去。她变换了一下扶方向盘的手。

“做你的练习。”她说。

安妮在天堂遇见的第三个人

“妈妈？”安妮嗫嚅。

妈妈的脸平静地悬在空中。无论安妮望向何处，妈妈的脸都无处不在。安妮蓦然发现，说出“妈妈”这个词是多么自然而然啊，哪怕这个词已经从嘴边消失了太久太久。

“你好啊，小天使。”妈妈回应道，安妮小时候妈妈经常这么叫她。她的声音似乎紧贴在安妮的耳朵上。

“真的是你吗？”

“是我，安妮。”

“我们在天堂?”

“是的，安妮。”

“你也经历过这些？遇见五个——”

“安妮?”

“什么?”

“你身体的其他部分去哪儿了?”

安妮看了看自己空荡荡的躯干，穿上冬衣之后，残缺变得更加显眼。她的声音有些发抖。

“我犯了个错，妈妈。出了事故。坠毁。保罗。我在试着救保罗。还记得保罗吗？学校里那个？我们结婚了。我们才共度了一夜，然后就去搭热气球。都是我的错——”

安妮说不下去了，垂下头，仿佛是被故事的沉重压垮了。

“抬起头来，小甜心。”洛琳说。

安妮抬起头。妈妈的皮肤完美无瑕，嘴唇丰满，浓密的赤褐色头发丝丝分明，色泽饱满。安妮都快忘了妈妈曾经有多美。

“你为什么这么大呀？”安妮低声询问。

“在人间时，你眼里的我就是这样啊。不过现在是时候让你看看我眼中的我了。”

巨大的双手举了起来，而后送到自己面前，安妮跌跌撞撞向前，进入了妈妈的眼睛，那双眼睛像一口深井，将她完全吞没。

*

孩子们总是以对父母的需要开启自己的人生。时光更替，他们又开始拒绝父母。最终，他们自己成为父母。

安妮将随洛琳一起走过每一个时期。但是，就像很多孩子一样，她从来都不知晓妈妈瞒着她做出的巨大牺牲。

洛琳遇见杰里的时候才十九岁，杰里二十六岁。洛琳在面包店工作，杰里则是面包车司机。洛琳从未离开自己居住的小镇超过三十英里，但她一直梦想着逃离无聊的生活和每天穿在身上的死板制服。一天晚上，杰里身穿鹿皮夹克、脚踩工程靴，提议洛琳跟他出去兜兜风。他们彻夜长驱，一刻未停地开到了东海岸。他们喝了酒。他们笑声不断。他们光脚踏浪。他们将杰里的夹克衫当做毯子铺在沙滩上。

三周后，他们结了婚，在市中心的法院里举行了非宗教形式的结婚典礼。洛琳穿了一条羽状图案的连衣裙。杰里穿了件紫褐色的运动夹克。他们举起香槟干杯，在海边的汽车旅馆里度过了一周，出门游泳，回到床上喝酒。他们激情满溢，但是就像大多数激情一样，很快便燃烧殆尽。一年后，等到安妮出生时，这份激情已经消退。

安妮出生的时候杰里并不在场。他出了城，本来只要开一个晚上的卡车，结果却变成了五天的缺席。洛琳的弟弟丹尼斯从医院开车把她接回家。

“真不敢相信他竟然不在。”丹尼斯抱怨道。

“他会来的。”洛琳说。

但是日子一天天过去，他并没有来。洛琳不停地接电话，朋友们想来探望，询问宝宝的名字。洛琳知道自己想给孩子取什么名字。灵感来源于外祖母总是提起的一个女人，安妮·爱德森·泰勒，一九〇一年，安妮六十三岁，她钻进一只桶里，成了第一个成功横渡尼亚加拉大瀑布的人。

“如今老姑娘们都那么有勇气啊。”外祖母惊叹。她说“勇气”的时候仿佛那是什么稀有而珍贵的东西。洛琳希望自己的孩子也有“勇气”。她也希望自己能有更多勇气。

等杰里终于回家来，已经是周二晚上，浑身酒臭。洛琳轻轻抱着孩子，勉强挤出一丝微笑。

“这是我们刚出生的女儿，杰里。她是不是很美？”

他歪过脑袋。

“我们要叫她什么？”

“安妮。”

杰里嗤之以鼻。

“像电影里那样？为什么？”

*

从那一刻起，洛琳觉得自己仿佛是在独自抚养安妮。杰里的运输路线变得更远，一走就是几星期。而他在家的时候，不希望睡眠被打扰，饭也要及时送到嘴边，要是他准备和妻子说说话，就希望妻子能全身心投入。若是洛琳抬头去看哭闹的女儿，杰里便会捏住她的下巴，将她的脸掰回来，说：“嘿，我在说话呢。”

时日飞逝，和他的怒火一起与日俱增的，还有他的暴力倾向。洛琳越来越害怕丈夫，丈夫一有要求她就马上做到，只希望躲开他的魔爪与推搡，洛琳为此羞愧。他们没有再出去过。她没完没了地洗衣服，洗碗碟。有时候，她也很困惑，为何短短数年间，她的人生就从开阔变得闭塞。她总是会去想另一种可能，如果她没有在面包店工作，没有遇见杰里，那天晚上也没有上他的车，没有那么轻率地草草结婚。

但马上她就会责骂自己竟然会去想象一个没有女儿的世界，于是她便举起安妮，感受着她小小的身体紧紧靠在自己身上，安妮黄油般光洁的脸蛋，还有她抱住洛琳脖子的方式，都将对另一种人生的神往消除得干干净净。

*

安妮三岁生日时，洛琳觉得自己的婚姻无法再持续下去。安妮四岁生日时，她的内心越发笃定。杰里的缺席不再只是因为工作，当她因为别的女人跟他对峙时，他的暴力彻底爆发。洛琳容忍了这一切，因为心里怀有莫名的愧疚，并且坚信年幼的女儿需要父亲，无论这个父亲有多可恶。

然而，杰里将怒火发泄在了安妮身上，当安妮违背他的意愿打开冰箱门，他一遍又一遍地扇她耳光，洛琳突然迸发出了从未有过的力量。她把杰里扫地出门，换了门锁。那天夜里她抱着安妮，把脸埋在她卷曲的头发里哭泣，安妮也跟着哭，虽然并不明白为什么。

离婚之路拖泥带水。杰里宣称自己一直都没在工作，钱成了难题。洛琳找了一份在家打字的工作。她知道安妮对父亲的缺席满腹疑惑，所以洛琳努力为她创造出一个快乐的小世界。她鼓励安妮自由自在地舞蹈，鼓励她放声高歌；她们一起跑过洒水器，一小时又一小时地玩无聊的游戏。洛琳让安妮在镜子前试粉色的口红，选择最喜欢的超级英雄来做万圣节装扮。一个月又一个月，母亲和女儿共享同一张床，夜晚洛琳轻轻哼唱摇篮曲哄安妮入睡。

但是随着岁月流逝，堆积的账单越来越多，洛琳必须得外出工作。她请邻居在安妮放学后帮忙照看，而下班回家的她则筋疲力尽。安妮开始在自己的卧室里睡觉。最终，新的工作中碰到的男人们开始约洛琳出去，她爽快地接受了，尤其是在他们愿意支付保姆费用时。洛琳谈过一连串短暂的恋爱，没有一段是成功的。她不停尝试，希冀着改变人生。

就这样到了红宝石码头的那一天，她得偿所愿，人生改变了，却不是朝着她所期望的方向。

*

在天堂里，视角可以共享，安妮跌进了妈妈的眼睛，发现此时，自己正身处洛琳的某段记忆之中，坐在后院的桌子旁，那是她们的第一栋房子。天空泛白，院子里挂着晾衣杆和洗过的被单及衣服，和其他人院子里的晾衣杆别无二致。洛琳穿了双高跟鞋，搭配蓝色短裙和白衬衫，是她穿去工作的行头。她的腿上放着个文件夹，手里则拿着文件纸。

“你知道这些是什么吗，安妮？”

安妮仍在努力去理解她们为什么落在这个时间点，她摇摇头，表示不知道。

“是一个律师给的。你爸爸寄过来的。”

安妮眨眨眼，“为什么？”

“他宣称我是个不称职的母亲。因为你发生的事故。他想要监护权。”

“监护我？”

“全权负责。”

“可是我已经很久没见过爸爸了，有——”

“好几年了。我知道。但是他想控告游乐场，他需要你才能这么做。他觉得这样能得到一大笔钱。杰里一旦打起了钱的主意，就绝不会放弃。

“我很清楚，如果他把你带走了，你的生活会变成什么样。我知道他有多暴力。所以我做了个决定。”

安妮瞥了一眼卧室窗口。她看到小时候的自己正从窗户里往外看。

“我记得这一天……就是那些记者找上门来的那天。”

“没错。”

“第二天一早我们就走了。”

“我从来没有告诉过你为什么。”

洛琳放下文件。

“现在你知道为什么了。”

她站起来，捋了捋裙子。

“所以这就是个开始。”她说。

“什么的开始?”安妮问。

“终结我们之间的秘密。来吧。还有更多东西要给你看。”

安妮感觉自己在妈妈身边飘荡。她们飘到了房子上方。黄昏的天空幻化为破晓，安妮看到第二天她们的车子开走了。后备厢用橡皮带绷上。

“我痛恨离开。”安妮说。

“我知道。”

“一切都不可能再回到原样。”

“没错。”

“我们抛下了一切。”

“这个嘛，也不是一切。”

她们稍稍落下，凑近去看方向盘后的洛琳，安妮在副驾驶位上睡了过去。

“我们没有抛下彼此。”洛琳说。

安妮犯了错

安妮十四岁。保罗一家准备迁往意大利。

安妮一直都很害怕这一天的到来。此刻她正和保罗一起吃午餐。他们在课间见面。保罗对她而言早已不止是朋友，而是她真心喜欢的人，或者说，是她以稚嫩的方式去爱的人。并不是说她为了这份爱无所不用其极。初次的爱恋总是被人们藏于心底，如同无法在阳光下蓬勃生长的植物。

但是她每一天都在心里描画保罗的样子。她想象他们手牵手，挨着彼此走在动物园或者商场里。只是现在他即将离开，安妮将要失去的不仅仅是一个朋友（以及他还没有成为的其他角色），同时也失去了在学校里保护她免受其他女生伤害的盾牌。

保罗离开前的最后一天，安妮站在自己的储物柜边拿书出来。梅根是学校里最受欢迎的女孩儿之一，从来没有和安妮说过话，这时却突然凑过来对她说：“嘿。”安妮也同样回了一句“嘿。”梅根说：“我打赌你肯定会很想念保罗。”安妮的脸腾一下就红了，但梅根却说：“不，我是说真的。他很可爱。要是他能像注意你那样注意我的话，我也肯定会很想他的。”

她说的话和她的语气都让安妮受宠若惊。安妮陷入了结交新朋友的可能之中。梅根莞尔一笑，安妮便有了取悦她的冲动。

“你看。”安妮说着飞速翻开一个笔记本，里面用铅笔画了一幅保罗，是她上课无聊时画的。安妮是个不错的艺术家，她把人像画得很大，保罗的眼睛因此又大又突出。

“哦，我的上帝啊，这也画得太好了吧，“梅根说，“我得拍张照。”她掏出一只小手机，安妮还没来得及拒绝她就已经按下了拍照键。安妮从没见过还能当相机用的手机。

“是新款式，”梅根说着在安妮面前挥了挥，“特别酷，对不对?”

她还给安妮展示了其他朋友的照片，大家都为了拍照精心打扮过。安妮感觉自己进入了一个特别的小圈子。

铃声响起。

“再见。”梅根说。

安妮目送她跑开。也许保罗的离开并不是终结，她心想，或许她可以同梅根聊聊保罗——还有其他女孩儿们喜欢聊的事情。这对安妮来说是全新的感受，她任凭这种感受席卷全身，点亮了她原本黯淡的心绪。

放学的时候，她朝保罗的储物柜走去，平时她都在这里同保罗碰头。他们会像往常一样聊天，这次可能聊得更久一些。她想把自己的画送给他。她想叫他从意大利给自己写信，她会回信给他。而她最想做的是亲吻他。应该不会显得很奇怪吧，她认为，毕竟他就要离开了。人们肯定会亲吻的，对吧？匆匆亲一下脸颊？或者亲在嘴唇上？她一整天都在想这件事。事实上，是想了很多天。

她转过身去，踏上走廊。

她愣在了原地。

一群学生聚集在保罗的储物柜边。保罗被团团围住。所有人都在放声大笑，男孩女孩，还有些人伸手拍打保罗的后背。梅根也在其中，她正在给所有人看手机。

“伙计，真的跟你很像。”有个男孩大喊。

“她对你死缠烂打！”另一个嚷道。

“她想打扮成你的样子，当做生日礼物！”

所有人哈哈大笑。安妮看着保罗。他一个字也没说。

突然间，有人发现了安妮，说道：“哇！”他们相互拍了拍，都转向了安妮这边。仿佛万箭穿心，安妮几乎无法呼吸，她看见梅根把手机藏到了背后。

通常安妮都会低下头，飞快离开。但事关被他们围在当中的保罗，就好像那些家伙夺走了她所拥有的最后一样东西。于是安妮迈步向前，仿佛有人在操控她的双脚，她缓缓朝前走去，其他的学生如同磁极相反的磁铁，全都向后退去。安妮和梅根面对面了。

安妮用力咽了口唾沫。

“我也能看看吗？”她问。

梅根翻了个白眼，举起手机。安妮看见了那张画的照片。保罗。他的大眼睛。

“你为什么要给每个人看？”安妮声音颤抖，问道，

“这并不是你的。”

说罢她又转向保罗：“这本来就是要送给你的。”

保罗张了张口。有那么一瞬间，所有人都静止不动。保罗就在眼前，安妮心中的某种情绪忽然得到了释放。它推她向前。她有意识的下一件事，便是将嘴唇贴在了保罗的嘴唇上。亲吻持续了短短一秒，安妮感觉到泪水滑落脸庞。

“再见。”她低声说。

安妮转过身，走开了，与狂奔的冲动作斗争。她听到有个女孩说，“没错，走啊，奇葩。”她听见别人说，“哦……我的……上帝啊。”当她转过墙角，便再也绷不住了。她跑啊跑啊，跑出后门，跑过长街，眼泪将脸颊灼得生疼。

她来到一个公园，一屁股坐在长椅上，两侧分别立着一个蓝色垃圾箱。天黑以后她才回家。进门的时候，妈妈暴跳如雷。

“为什么这么晚才回来？”她吼道。

“因为我喜欢！”安妮吼了回去。

洛琳罚了她一个月不准出门。

第二天，保罗就离开了。

*

所有孩子都藏着秘密。所有父母也是一样。我们制造出希望他人相信的形象，并不断强化这种伪装，同时将真相藏起。正因如此，和我们关系最紧密的家庭成员才能爱着我们，而我们依然不时对他们背转身去借此躲避他们。

母女俩匆匆忙忙跨越整个国度，抵达新的落脚点——亚利桑那郊区，整个旅途中洛琳都紧紧守护着自己的秘密。她承受了巨大的痛苦，抹掉自己的过去。她丢掉了从前的照片，不再给旧日的朋友打电话，从未提起过前夫，也从未谈起过红宝石码头。

她期待着一个新的地方便能意味着全新的人生。可是我们经历过的事是永远也摆脱不掉的。如同影子，与我们形影相随。

与此同时，安妮放弃了从前的希望。十六岁时，她接受了自己在高中备受排挤的命运。她没什么朋友，大部分时间都在家中度过，看书，狗狗克莉欧蜷缩在她身边。安妮的身形开始发育，她发现，穿紧身衣时会有男孩盯着她瞧。他们的关注让她感到困惑。被人注意倒没什么，但是她更想被人了解。可他们却从来没跟她说过话。

一天，在历史课上，安妮的老师询问大家的家族史。

“你的呢，安妮？”

安妮在自己的位子上使劲缩着身子。她讨厌被老师叫到。她偷偷看了一眼旁边，看到有个男孩用那种青春期少年的眼神盯着她。

“我不太了解。”她说。

有个学生把这句话唱了出来，“不太了解。”用的是一首流行歌曲的旋律，全班哄堂大笑。安妮脸红了。

“嗯，你不是出生在亚利桑那，对不对？”

“不是。”安妮承认，打破了妈妈定下的一条准则。

“那你的家人来自何处呢？”

为了赶紧把这个问题敷衍过去，安妮又吐露了一些细节，镇子的名字，大概居住了多少年，她认为祖父母就是从那里来的。

“那你们为什么要搬来这里呢？”老师继续追问。

安妮僵住了。她编不出什么瞎话。她听见有人窃笑：“这又不是什么刁钻的问题。”

“我出了事故。”安妮嗫嚅。

一阵尴尬的沉默。

“好吧，还有谁要说？”老师说。

安妮松了口气。

下课前，老师布置学生们去查找他们出生当天发生的世界大事。他们可以使用学校图书馆，或者，如果有办法的话，也可以使用网络搜索引擎，那可是个新技术。

安妮没有电脑，所以使用了图书馆的微缩胶片。她发现，在她出生那天，南非的一次大危机结束了，还有一个伟大的曲棍球运动员打破了联赛纪录，于是她记了下来。

这一周结束的时候，学生们需要报告自己的发现。安妮站了起来，念出了那些微不足道的事实，然后快速坐下，很高兴这一切终于结束了。她漫不经心地望向窗外，结果毁掉了她跟保罗之间一切美好的那个梅根，以下面这番话结束了自己的报告："另外，我还用电脑查了，我发现安妮的'事故'发生在一个游乐场，有人因为她死了。"

同学们倒吸一口冷气。有人喊道，"什么?"安妮浑身冰冷。她开始咳嗽。她无法呼吸。她的思绪在盯着她看的面孔与红宝石码头的那一天之间来回奔腾，重复闪回着一些碎乱的片段，搭乘火车，妈妈和鲍勃一起走开。她头昏脑涨，胳膊从桌子上滑落下去。

“安妮，你还好吗？”老师说，“过来，过来，我们去……”

她连忙把安妮带到教室外面。

*

那一天，安妮回到家，快步走进拖车，把书摔在桌子上，开始尖叫着说出梅根在课堂上说的话。洛琳正对着一堆账单发愁，忽然愣了片刻，手里抓着一支钢笔。然后她重新开始写写画画，透过阅读眼镜埋头看账单。

“你知道那是个游乐场。”她说。

“那剩下的呢，妈妈？”

“什么？”

“我杀人了吗？”

“当然没有！”洛琳盖上笔帽，“那是个邪恶女孩的邪恶谎言。”

“你确定?”

“你怎么能那么想呢?”

“有人死了吗?”

“那是一起大事故，安妮。那里有工作人员。操作人员。游客。许多人都受到了影响。你是个受害者，记住了吗?我们本可以起诉的。或许我应该起诉才对。这么多账单。”

“有人死了吗?”

“一个员工，我想是的。没有你认识的人。”

“还发生了什么?”

洛琳摘下眼睛，“你真的需要更多细节吗?现在，突然之间?我们承受得还不够吗?”

“我们?”安妮尖叫起来，“真的吗，妈妈?我们?”

“没错!”洛琳也喊了回去，“真的，安妮，我们!”

“我一个朋友也没有，妈妈!我想要朋友!”

"我也想要朋友，安妮！"

"我永远也不会回到那个班里了！"

"你永远也不会回到那个学校了！"

"很好！"

"很好！"

两个人都面红耳赤，气喘吁吁。洛琳起身去厨房。她一巴掌甩开水龙头，在水下狠狠搓手，"说实在的，那到底是什么学习？查找你们的生日？你最好还是在家上学。"

"绝不！"安妮喊道。

"我们总能找到什么地方的。"

"哦，上帝啊，妈妈！上帝啊！"

安妮瘫在沙发上。拉起枕头盖在脸上。

那周快结束的时候，她转学了，而她不喜欢新学校，于是又转去了另一个学校。她们都没有再提起那场事故。

但是，压抑住一段记忆，不代表着那段记忆就放过了你。

*

不停转学让安妮愈发下定决心，一定要逃离洛琳的条条框框。于是高三那年，她找到了一个方法，可以躲避所有制约。

一个有车的男朋友。

男孩名叫沃尔特，比安妮大一岁，身量瘦长，鼻梁高挺，有三角形的鬓角。大多数晚上还有周末安妮都和他一起度过。他抽手卷烟，喜欢垃圾摇滚。他发现安妮非同寻常（“你很古怪，是好的那种古怪。”他说。），这让安妮很开心，因为这意味着注意，包括身体上的注意，这还是第一次有男生这样注意她。

这时的安妮身形高挑，曲线窈窕，顶着一头蓬蓬的长鬈发，似乎人人都注意得到，她有一口漂亮整洁的牙齿。安妮衣着朴素，喜欢穿紧身裤和磨旧的运动鞋。高中毕业时平均成绩四分，还有两个朋友：朱迪，戴角质框架眼镜，穿五十年代复古风格的衣服；布莱恩，一个数学奇才，总是用手去摸自己没几根的八字须。

毕业典礼之后安妮没再见过他们当中的任何一个人。她在典礼上也没逗留多久，只是拿了毕业文凭，并且和校长握手，校长小声说："祝你好运，安妮，你会去往很多地方。"

安妮确实去了很多地方。她走下舞台，径直去了停车场，沃尔特正等在他的绿色尼桑小汽车旁。

"吔，你搞定了。"他面无表情。

"谢天谢地。"安妮说。

"你想去哪儿？"

"随便去哪儿都行。"

"你要给妈妈打个电话吗？"

"我告诉她别过来了。但她很可能还是来了。"

"她还在台下？"

"我猜是。"

沃尔特的目光越过了她的肩膀，"再猜猜。"

安妮转过身，看见了妈妈，穿了松绿色短裙和夹克，头上戴了一顶钟形女帽，正摇摇晃晃地走过学校前面的草坪。她的高跟鞋陷在了草地里，奋力挥动手臂，大声喊道："安妮！你在干吗？"一阵风吹来，她抓住帽子，往下拉了拉。

"我们走吧。"安妮嘟哝道。

"你不想等等？"

"我说了，我们走吧。"

说罢安妮上了车，用力关上车门。沃尔特发动引擎，两人扬长而去，留下了洛琳，手还扶在帽子上，眼睁睁看着他们驱车驶过写着"祝贺，毕业生们！"的标语。

安妮一年都没有和她说过话。

*

那段时间，安妮搬去和沃尔特同居，和沃尔特一起住在他父亲家的地下室里。那是一栋自建平房，离拖车驻扎地有一小时路程。安妮深知，离得这么远，绝不可能碰上妈妈，她很享受这种自由的感觉。她剪碎刘海，染成紫色。沃尔特给了她一件T恤衫，上面印着“我什么也不欠你”。这件衣服她常常穿。

沃尔特的爸爸在一家乳品厂上夜班。沃尔特则在附近的汽车店修车。安妮的分数为她取得了当地一所社区学院的奖学金，她念了英语文学和摄影课程，梦想着有一天能为旅行杂志拍摄照片。或许她会去意大利，找到保罗居住的地方，带着相机出现，对他说：“哦，嘿，真巧啊。”

随着时光飞逝，她想着给妈妈打个电话，尤其是沃尔特表现得孩子气时，对着食物噘嘴，出门前不愿洗澡。但是，就像很多同龄人一样，安妮对独立的渴望压倒了她对引导的需求。再说了，怎么可能跟妈妈聊男人的事情呢？安妮很清楚自己会听到些什么，所以她根本无法忍受，“你真的想要这样浪费生命吗，安妮？在你男朋友的地下室里？”想到此处她放下了电话。

而后，在随之而来的夏天，她突然造访医院，给了丹尼斯叔叔一个惊喜，几年前他也转到了亚利桑那来工作。已经过了下午五点钟，咨询台没有人，所以她又走回他的办公室，敲了敲门。她听见门内传来一声沉闷的“你好？”，还有转动把手的声音。

“安妮？”丹尼斯瞪大眼睛，惊呼。

“嗨，我刚刚在——”

安妮打住了，喉咙发紧。几步之遥，坐在椅子里的正是她的妈妈。妈妈形容憔悴，眼神空洞。在蓝色毛衣和棕黄色宽松裤的包裹下，她的四肢空前消瘦，是那种病恹恹的瘦，仿佛身体一直在融化。

“你好啊，亲爱的，”洛琳虚弱地说。她瞥了一眼自己的弟弟，“所以不用你去告诉她了。”

*

癌症迅速攻占了洛琳的身体，六个月之内，所有已知疗法都已失效，癌症迅速扩散。到了这一步，治疗更多的是安慰而非手段。

突如其来的转折给了安妮当头一棒，她不知道该作何反应。当一切发生时她不在场，为此她悔不当初，如今必须要尽可能地去陪伴妈妈。陪她去药店。下班后陪她去咖啡馆。诸如此类，两人再次回到了各自的轨道。但在两个人的对话中，说出口的那些话远没有未曾说出口的重要。

“你的茶怎么样？”安妮这么问。

“挺好的。”洛琳这么答。

“学校怎么样？”洛琳这么问。

“挺好的。”安妮这么答。

两人都无力面对各自隐藏起来的强烈感情。她们相敬如宾。轻吻彼此的面庞。安妮负责开车门，妈妈走路的时候则扶着她的手臂。或许，若有更多时间，横亘在两人之间的壁垒终能打破。

但这个世界并不会供给我们那个刚刚好的时机。

“我爱你，安妮。”一天夜里，安妮将一盘炒青菜递给洛琳时，洛琳用喑哑粗粝的声音说。

“吃吧，”安妮说，“你需要更多力量。”

“爱就是力量。”洛琳说。

安妮抚摸妈妈的肩膀，感觉到骨头尖锐突出，仿佛皮肉荡然无存。

两天后，安妮的手机先于闹钟将她叫醒。

“你最好来一趟医院。”丹尼斯声音低沉。

他失声痛哭，安妮也潸然泪下。

*

聚集在墓地的人不多，因为洛琳一直对自己的生活讳莫如深，所以牧师诵读祷告时，只有安妮、沃尔特、丹尼斯叔叔和几个同事围在墓边。

"真滑稽，"此时此刻，葬礼的画面浮现在安妮和洛琳眼前，洛琳说，"人们总是很好奇自己的葬礼会是什么样。有多壮观？有谁会出现？结果到最后，根本毫无意义。到最后你才明白，一旦你死了，葬礼是为其他人举办的，并不是为你。"

大家都看向安妮，她身穿黑衣，靠在叔叔的肩膀上啜泣。

"你那么悲伤。"洛琳评论道。

"当然了。"

"那你为什么还要那么久不理我？"

"很抱歉，妈妈。"

"我知道你很抱歉。我是在问为什么？"

"你知道为什么，"安妮叹了口气，"你让我尴尬。你让我窒息。我想参与的每一项社交活动，所有找乐子的机会，你统统不准。童年时期我觉得自己就像个囚犯。

“我交不到朋友。你什么事情都不允许我做。所有人都觉得我很古怪，觉得这姑娘的妈妈什么都要管，”安妮举起左手，“这只手更是雪上加霜。”

洛琳往下看去，葬礼的画面从视野中消失了。

“那天的事情，你究竟知道些什么?”

“红宝石码头?”

“是。”

“我什么都不知道，还记得吗?那就是我人生的巨大黑洞。很显然，你永远也不可能提起这件事。我们乘火车去游乐场。我们买了票。我在医院醒过来，绑着绷带……”

安妮感觉到熟悉的怒火蹿了起来。她摇了摇头。在天堂生气有什么意义呢?

“总而言之，我就知道这些。”安妮嘟囔着。

“嗯，我知道得多一些，”妈妈说着拉起安妮的手，“是时候告诉你了。”

第三堂课

突然间，她们回到了红宝石游乐场，置身于酷烈的夏日艳阳下。正前方是一条长而宽阔的木栈道，大量游客熙熙攘攘。家长们推着婴儿车，跑步和踩滑板的人在人群中穿梭。

“我认识这些人吗？”安妮问。

“往下看。”妈妈说。

木栈道下方，安妮看到了年轻时候的妈妈，和鲍勃一起在海滩上散步，就是和她们一起搭火车的那个男人。洛琳光着脚，鞋子拎在手中。鲍勃一直把洛琳拉向自己，洛琳则开玩笑地推开他。而后，在某一刻，她瞥了一眼手表，朝海中眺望。鲍勃将她的下巴转回来，用力亲吻了妈妈。

“你是否曾想过让时光倒流哪怕片刻？”洛琳看了看身边的女儿，问道，“在那个瞬间，你无法相信自己在做多么无聊的事情，而你因此错过的事情又是多么至关紧要？”

安妮点点头。

“那就是我想倒转的一瞬间，”妈妈说，“那一刻，我想到了你。我还记得，因为手表显示3:07。你的生日。三月七号。我心想：‘我应该回到安妮身边。’”

“但你并没有回来。”

“对，”洛琳说，“我没有回去。”

她们继续看着鲍勃紧紧抱住洛琳，用力亲吻她的脖子。他拉她的手臂，两人倒在沙滩上。

“你父亲离开后，我做了许多糟糕的选择，”洛琳说，“我觉得自己是多余的，毫无魅力。我觉得作为一个单身母亲，男人绝不会对我感兴趣。所以我用力过猛了。我追逐一个又一个男人。我渴望改变人生。”

安妮还记得她睡下之后，妈妈的情人源源不断地到来，流水般接力。安妮会从卧室里溜出去，藏在楼梯顶端，目睹妈妈和最近好上的男人出门去，而后保姆关上房门。

“那时我也还年轻，”洛琳说，“我渴望一个全新的开始。我渴望和你爸爸之间不曾有过的东西——安全感，情有独钟。他选择了其他女人，抛弃了我，我猜，内心深处我想要证明他因此损失惨重。

“那样，”她说，“真的很蠢。爱并不是报复。不可能像丢一块石头一样投掷出去。你不可能创造出爱来修复自己的问题。勉强而为的爱就像摘下一朵花还强求它继续盛放。”

就在这时，在木栈道下方，鲍勃已经对洛琳动手动脚良久，此刻他不再小打小闹，而是脱下外套，铺在身后的沙滩上。安妮注意到年轻的妈妈双手紧紧抓住胳膊肘，脸上忽然浮现出惊恐的表情。

“那一刻，我心中一震，”洛琳说，“许多年前，我刚和你爸爸在一起的时候，他也做过同样的事情。一片海滩。他的夹克外套。躺在沙滩上。一切就是这样开始的。”

“我意识到，我正在重复和你父亲干过的那些蠢事。我为什么会抱有幻想，竟然觉得一切能有什么不同？”

她径直看向安妮：“很抱歉，亲爱的。我真是太绝望了，不顾一切想找个新人来爱我，却忘记了我已经拥有了全世界最好的人。你。”

“妈妈，”安妮小声说，“这些我一无所知。”

洛琳点点头：“就连我自己也不知道多少——直到那一天。”

她又指向了木栈道。她们看到洛琳飞快起身，抓起鞋子。鲍勃面露愠色，使劲抓住洛琳的腿，洛琳最终挣脱并跑开了。鲍勃一拳打进沙子里，沙子溅到了他的裤子上。

“在那一刻，安妮，我只想找到你，带你回家，给你买冰淇淋。我想让你成为全世界最幸福的女孩。

“就像是大幕被拉起了。我可以结束掉那些不适合我的男人，结束掉愚蠢的调情电话。我终于看清了眼前的一切。”

“发生了什么?”安妮问。

洛琳低下头，“只是，你看清了眼前的一切，并不代表你及时看清了。”

*

她们看到年轻的洛琳匆匆忙忙跑向红宝石码头游乐场。一辆救护车从她身旁呼啸而过，车灯闪烁。警察通过无线电大声讲话。人群全都涌向中央大道，洛琳一会儿转向前，一会又向后转，不明所以。她挤过潮水般的围观者，经过了碰碰车，经过了旋转茶杯，穿过了小吃摊，一路都在大喊："安妮！……安妮！……"

最终，经过一个小时的徒劳搜寻，洛琳锁定了正在交谈的警察和园区工作人员，后者是个精瘦结实的年轻人，衬衫上的名牌写着"多明戈斯"。两人站在黄色的路障胶带边，瘦警察眼中泛着泪光。

"能帮帮我吗？"洛琳打断了他们的对话，"很抱歉。我知道你正忙着处理事情。但是我女儿。我找不到她了。我找遍了所有地方。我很担心。"

警察迅速瞥了一眼多明戈斯。

"她长什么样？"警察问道。

洛琳描述了一下安妮的外貌。毛边短裤。胸前有只鸭子的柠檬绿T恤。

"哦，我的上帝。"多明戈斯低声叹道。

*

安妮眼看美丽的天空转为暗红色。

“那是我人生中跌至谷底的时刻，”妈妈说，“在女儿最最需要我的时候，我却和一个自己压根不在乎的男人在一起。

“等我到医院的时候，他们已经开始手术。我不得不去询问他们在做什么。我。你的妈妈。像个旁观者一样去询问。我哭得太厉害了。不仅仅是为你所受的苦，安妮，也是因为我的羞愧。

“所有那些规矩？所有我施加给你的限制和宵禁？全都是因为那一天。我永远不想再犯错了。”

“可那样只会让我恨你。”安妮口气温软。

“那也比不上我对自己的痛恨。我没能保护你。我留下你一个人。从那以后，我再也没办法认为自己是个好妈妈了。

“我太羞愧了。这让我对你格外严厉，因为我是想对自己严厉。我们因悔恨而变得盲目，安妮。我们没能明白，当我们惩罚自己时，同时也惩罚了他人。”

安妮沉吟片刻："这是你在这里要教给我的一课吗？"

"不是，"洛琳轻声说，"这是和你分享我最痛苦的秘密。"

安妮盯着妈妈完好无损的年轻面容，仿佛这个女人仍旧停留在二十来岁上。安妮感觉到一股冲动，是来到天堂后还从未有过的感觉：渴望坦白。

"我也有个秘密。"安妮说。

安妮犯了错

安妮二十岁。她怀孕了。一位老妇人走进医生办公室，为恰好离开的安妮拉着门。

“你不需要这么做。”安妮说。

“没关系的。”老妇人说。

安妮摸了摸自己的肚子。这完全是个意外。她和沃尔特仍旧住在地下室，恋情缺乏活力，缺少一些更好的选择，所以放弃反而能让两个人的关系更轻松一点。

某一天，安妮感到自己身心疲惫，有些反常，于是就去了校医院。她以为自己得了感冒。医生给她验了血，第二天她又回来了。

“嗯，不是感冒。”医生开了口。

当天剩下的时间她都躲在图书馆里，一手放在小腹上，一手紧紧抓着餐巾纸。怀孕？她思忖。她太沮丧了，简直动弹不得。最终有个管理员轻轻推了推她，说：“我们要关门了。”安妮这才站起来，拖着疲惫的身子回了家。

和沃尔特的谈话不欢而散。紧张地大笑之后，沃尔特爆发出一连串咒骂，而后迈着沉重的步子在楼梯上来回徘徊，上上下下半小时之久。最终，他同意看在孩子的分上和安妮结婚。

“要在显怀之前。”安妮坚持。

“好，没问题。”沃尔特说。

到了下个月，他们去了法院大楼（就像几十年前洛琳和杰里那样），签了一些文件。两周后，他们正式结婚。

沃尔特告诉了父亲。

安妮谁都没说。

和妈妈一样，安妮正面临着不期而至的父母身份。有时，安妮希望洛琳还活着。她想问问洛琳，该心怀怎样的期待。但大多数时候，她都很高兴妈妈不在了，看不到这一切。安妮受不了她的失望。她知道自己一定会听到那句“我不是提醒过你要小心吗?”但这并不是她害怕的。让她害怕的是她已然成了妈妈所有恐惧的化身：一个蠢头蠢脑的女儿，不够深思熟虑，此刻站在沃尔特爸爸的地下室里，手里握着一张写有产科医生电话号码的便利贴。

沃尔特变得逆来顺受，像一只被训斥的小狗。晚上回家后他几乎不说话，一连几小时地看电视，身体重重地陷在沙发里，看起来像个靠垫。安妮对此不做任何反应。有什么意义呢？她已经开始相信，和一个男人生活在一起，更多的是忍耐而非浪漫，婚姻不过是一路走来的又一次失望罢了。

*

现在，回到医生办公室，为安妮开门的老妇人对她笑了笑。

“几个月了？”

“七个月。”

“很快了。”

安妮点点头。

“嗯，祝你好运。”老妇人说。

安妮离开了。她已经很久没觉得好运了。

那天晚上，安妮没吃晚饭。她决定组装一个宜家的塑料书架。转身的时候，安妮感觉到腹部传来尖锐的疼痛，疼得她弯下腰来。

“哦，不……”她呻吟，“不……不……沃尔特！”

沃尔特匆匆将她送到医院。他把车停在紧急通道上。安妮反应过来时，正躺在轮床上，穿过走廊。

午夜过后，宝宝降生：一个小男孩，体重不足三磅。几个小时之后安妮才见到孩子，躺在新生儿加护病房的恒温箱里。早产意味着孩子的肺部没有发育完全。“我们得辅助他进行呼吸。”医生说。

安妮穿着蓝色病号服，凝视着恒温箱。她现在真的是个母亲了吗？她甚至都不能触碰自己的孩子。有管子给他喂食喂药，白色胶带交错在他粉嘟嘟的小脸上，从而固定住呼吸装置，一顶超级袖珍的蓝色小帽子罩住了他的脑袋和耳朵，为他保暖。安妮觉得自己被排除在外。仪器掌控了一切。

随着白昼变黑夜，黑夜再回归白昼，安妮坐在原地，一动不动，医生、护士和其他工作人员来回在她身旁穿梭。

“你想给什么人打电话吗？”护士问。

“不用。”

“你想来点咖啡吗？”

“不用。”

“你想休息一下吗？”

“不用。”

她想要做的事情，最最想做的事情，就是将手伸进圆顶，抓住这个小生命，逃跑。她想到了妈妈，想到了她们打包行李，从原住地消失的情形。

而后，早上10:23，一台监视器嘀嘀嘀报警，一名护士进去了，又一名护士跟进去，而后是一名医生。不出几分钟，恒温箱被推进了手术室，他们让安妮等着。

孩子再也没能回来。

出生三天后，小家伙去世了。医生们面无表情，坚称已经尽力。护士小声说：“这是最难接受的事情。”安妮很坚忍，空洞地盯着他们同情的面庞和空出来的房间。她听到沃尔特不停地嘟哝：“哦，天呐，我无法相信。”她研究起窗户、地板和金属水槽。她死死盯着没有生命的物品，仿佛在用眼睛钻孔，直到几个小时之后，一个手持写字板的社工小心翼翼地过来，需要一些信息来填写“文件”——文件的意思就是死亡证明。

“孩子的名字是什么？”社工开始询问。

安妮眨眨眼。她还没有给孩子挑选名字。这个问题在她听来简直就是全世界最难的智力竞赛题。一个名字。一个名字？不知怎么的，她唯一能想到的只有妈妈的名字，洛琳。于是她的嘴巴里吐出了一个与之相近的名字。

“洛伦斯。”她低语。

“洛伦斯。”护士重复了一遍。

洛伦斯，安妮心想。这个名字像突然飞溅的水花一样击中了她。一旦孩子有了名字，他就是真实的。一旦他是真实存在的，他就是真的离开了。

“洛伦斯？”安妮低声呢喃，仿佛是在索要他。

忽然间，安妮泪如泉涌，好几天都没有说话。

*

当安妮说完她的故事，才意识到自己正如在医院里那天一样，痛哭流涕。她的眼泪落在地面上，汇集成一个水池，涌入了一条小溪，小溪汇入河流，阴影处是松绿色，清澈见底。河边树木成荫，叶片宽阔，五颜六色，一片片如伞盖般舒展开来。

“你等了那么久才把这个故事分享给我。”洛琳说。

“一生那么久。”安妮低吟。

“我知道。我感觉到了。”

“在这里？”

“即便是在这里。”

“我谁都没告诉过，除了丹尼斯叔叔。就连保罗也没有。我开不了口。”

洛琳看着那些树木。

“秘密。我们以为，保留了秘密，许多事便能尽在掌握，但与此同时，它们也在掌控我们。”

“宝宝无法呼吸，”安妮说，“热气球坠毁后，当他们告诉我保罗无法呼吸时，我又重新经历了这一切。我说了当时我就想说的话——‘拿走我的肺。让我来为他呼吸。只要能救他的命。’”

安妮的脸上流露出乞求的表情。

“妈妈。保罗还活着吗？告诉我吧。求你了。如果人人都知道，那你一定也知道，对不对？”

洛琳摸了摸安妮的脸颊：“这不是我能知道的事情。”

*

她们沉默了片刻，洛琳将手伸入河水之中。

“我有没有告诉过你，为什么要叫你安妮？”

安妮摇摇头。

“安妮是个在桶里横渡了尼亚加拉大瀑布的女人。那时她六十三岁，是个寡妇。她渴望成名，赚钱养老。我的外祖母经常说：‘那个老姑娘很有勇气。’那就是我对你的期望。勇气。”

安妮皱了皱眉头：“我猜我没能符合你的期待，嗯？”

洛琳挑起眉毛：“哦，可你做到了。”

“妈妈，拜托了。我完全是勇气的反面。我逃跑了。我住在地下室。我因为错误的理由而结婚，太快要了孩子，甚至就连这件事也做不对。长久以来，我根本一无是处。”

妈妈双臂交叠。

“然后呢？”

*

然后呢，事实是，安妮找到了自己的立足之地。沃尔特说他是因为安妮怀孕而被迫结婚，因此他们的婚姻作废，签署了离婚协议。沃尔特要求拿回自己的运动裤。

安妮搬去和丹尼斯叔叔共同生活。最初几个月，她闭门不出，白天一直躺在床上。她哀悼孩子，哀悼母亲，哀悼对未来缺失的想象。怎样的目标才能让她离开这间屋子呢？每一个念头都显得渺小而微不足道。她整个人都空了。

但空了也意味着重新填满的可能。

冬去春来，春尽夏至。安妮起得早了些。从卧室的窗口看出去，能看到叔叔离家前往医院。她想起了叔叔刚刚搬到亚利桑那时的情形，那会儿她上初中。安妮问他为何离开东部，那是叔叔长大的地方。叔叔说："你妈妈就是我的家。"安妮原本想说："你在开玩笑，对吗？你是为了她搬来的？"但是现在她很高兴叔叔搬到了这里，否则她还能向谁求助呢？

夜里，她听见叔叔同病人通电话。他平心静气地回答病人的问题，挂断电话后，他通常会说："我就是为此而存在的。"这让安妮无比骄傲。他是个优秀而正派的男人，安妮对他的钦佩与日俱增。最终，一粒种子在她心中生根发芽。*我就是为此而存在的。*

一天晚上，她下楼来到厨房，丹尼斯正对着一台小电视看橄榄球比赛。

“嘿。”他关掉电视。

“我能问你点事儿吗？”安妮说。

“当然。”

“当一个护士有多难？”

*

在死后世界的蓝色河流里，洛琳伸出双手，掬起一捧水，看着水从指缝间流走。

“这是你的天堂？”安妮问道。

“不美吗？在经历过大动干戈的人生之后，我渴望安宁。在这里，我享受到了生前从未有过的平静。”

“然后你一直都在等我吗？”

“妈妈和女儿之间的时间能有多少呢？从来都不多，从来都不够。”

“妈妈？”

"什么?"

"我们经常吵架。"

"我知道,"洛琳拉起安妮的左手,引导这只手探入水流,"但你记得的只有这个吗?"

安妮感到手指在水中浮动,思绪也是一样。在水面的反射中,她看到的只有童年时充满爱意的场景,那数不清的回忆,妈妈在说晚安时亲吻她,拆开一个新玩具,冰淇淋咚一声落在松饼上。妈妈将安妮放上她的第一辆自行车,补一条撕破的裙子,分享一管口红,按下按钮调出安妮最喜欢的播音台。仿佛是有人打开了保险库,能够一次性看遍所有挚爱的收藏。

"我之前为什么没有这种感觉?"安妮小声说。

"因为我们更多地拥抱了伤疤而非治愈,"洛琳说,"我们能够想起受到伤害的那一天,可谁又记得伤口消失的那一天呢?

"你在医院里醒过来的那一刻,我对你就不一样了,你对我也不一样。你郁郁寡欢。焦躁不安。不断和我吵架。你痛恨我对你的制约。但那并不是你生气的真正原因，对不对？”

洛琳把手往下伸，紧紧握住安妮的手。

“你能打破最后一个秘密吗？你能说出红宝石码头之后你那么愤怒的真正原因吗？”

安妮哽住了，她的声音细若游丝。

“因为你没有救我。”

洛琳闭上眼睛：“没错。你能原谅我吗？”

“妈妈。”

“怎么了？”

“你并不需要听我说这个。”

“确实，我是不需要，”洛琳温柔地说，“但你需要。”

安妮再次哭了起来，是如释重负的眼泪，是安宁的释放，终于驱逐了压抑多年的秘密。她明白了红宝石码头事故之前及之后洛琳做出的牺牲，结束婚姻，切断欲望，事事只以安妮为重。安妮想到了妈妈小小的坟墓，以及洛琳交出了多少属于自己的人生来保护安妮的人生。

“是的，是的，我原谅你了，妈妈。我当然原谅你了。我只是以前不知道而已。我爱你。”

洛琳合起她的双手。

“宽恕？”

“宽恕。”

“这，”洛琳笑着说，“就是我来到这里所要教给你的。”

*

说罢，洛琳离开地面，在安妮头顶上方盘旋，不过片刻之间，她最后一次触碰女儿的下巴，随后慢慢变大，回到空中，直到她的脸庞再一次占满苍穹。

“该走了，小天使。”

“不！妈妈！”

“你要学会跟自己和解。”

“可我们才刚刚跟彼此和解！”

“还有别人。”

安妮还没来得及作答，河流奔腾，大雨倾盆，安妮被河水冲向一边，除了滂沱暴雨外，她什么也看不见。突然间，她感觉到有东西撞到了臀部，是个大大的木桶。她将桶口挪过来，安全地躲了进去。桶壁沾染着棕色斑痕，桶里塞满了用来减震的枕头，安妮猜测，这些老旧的枕头都来自那位与自己同名的安妮，来自她铸就人生辉煌篇章的时期。安妮挣扎着坐起来，感觉到水流在身下轰鸣缓流。

紧接着，木桶猛地动了一下，向前冲去。

她听见暴风雨来袭，激流拍打岩石，时间一分一秒地流逝，惊涛骇浪越发响亮，越发不祥，振聋发聩。这是进入天堂后还未曾有过的感觉：纯粹的恐惧。木桶越过巨大的瀑布，冲出来时发出了一瞬沉闷而激烈的声响，仿佛上帝的声音在怒号。激流勇进之中，安妮身下空无一物，她体验到了真正的自由落体。她情绪崩溃，倍感无助。

安妮伸手抵住桶壁，仰起头，透过飞溅的白色水花，看见妈妈的脸正从天上往下看，轻声念叨着一个词。

“勇气。”

星期日，下午2：14

托尔伯特从警察身边走开，走到他们的警车边，呕吐起来。

他刚刚目睹了一场可怕的灾难，那画面将永远定格在他心中。宽阔的绿色田野上一小块一小块地燃烧着。田野中央躺着一只乘客篮，已经烧焦，难以辨认。残骸四下散落，带子焦黑残破，属于托尔伯特的热气球曾经无比壮观，如今只剩下这些。

坠毁事件的目击证人是个慢跑锻炼的男性，身穿黄色锐步T恤，已经对警方进行了描述：“热气球撞上了树丛里的什么东西，我看到了火焰。它掉了下来，撞击地面，又弹了回去。有个人掉了出来，另一个是被甩出来的。我猜最后一个人是自己跳的。然后就全都烧了起来。”

目击者用手机拍了视频，并且拨打了911。一共三名乘客，两名男子，一名女子，都被匆匆送往了大学附属医院。

托尔伯特又是震惊又是愤怒。他不知道这两名客人是从哪儿冒出来的。时间还这么早。也没有预约。泰迪在做什么？我不过才离开几个小时而已。

他用掌心搓了好几次脸，然后回到了警察身边。

“如果这边完事儿了，那我就得去一趟医院。”他说。

“我开车带你过去。”警察说。

“好吧。”

托尔伯特坐进警车，向后靠在座位上，仍旧努力想要弄清楚星期天早上的这出悲剧，全然不知自己在其中扮演的角色。

下一个永恒

木桶撞击河水表面，无声地坠入水下。安妮猛地从木桶开口处挣脱出来，进入了一片辽阔的深绿色；这里更像是一片海洋而非瀑布底端。她挥动手臂，拼命转头，头发如同触须般将她缠绕。头顶上方，她瞧见一圈光芒，像望远镜的远端，于是她朝着光亮游去。

安妮破水而出，皮肤马上变干了。流水退却，她发现自己站在海边，是一片浩瀚的灰色海洋。她穿着毛边短裤和柠檬绿T恤衫，遮挡住了空空荡荡的躯干。天空是夏日里一碧如洗的蓝色，蓝得完美无瑕——照亮天空的并非太阳，而是一颗孤悬的白色星斗。

安妮感觉到脚底的沙粒，微风轻拂脸颊。她沿着海滩往前走，一处宏伟的码头映入眼帘，有镀金的高塔、尖顶、圆顶，一个木质过山车，还有跳伞项目。

那是个有些年头的游乐场，一如安妮过去常常去的那一个。这让她想起了妈妈。她们终于和解了。心头的千斤重担终于卸下，而后妈妈就离开了。也太不公平了。如果每一个人都在安慰触手可及之时弃你而去，那么天堂以及马不停蹄地见到五个人到底有什么意义？

“你要学会和解”，妈妈如是说。为什么？跟谁？安妮只想让这一切停下来。她觉得疲惫，荒诞，仿佛身处一日的尾声，而这一日漫长且艰难。

安妮迈出小半步，被沙子里的什么东西绊了一下。她低下头，看到一块石碑。海水冲刷过石碑，露出两个词来：

艾迪

维修工

“嘿，孩子，”一个粗哑的声音说，“你能不站在我的墓碑上吗？”

安妮犯了错

安妮二十五岁，在医院门诊部上班。丹尼斯叔叔资助她上了护士学校，连安妮自己都未曾想到，她竟然找到了适合的领域。以前她理科就很好，所以学医毫不费劲。但她面对病人时的沉着冷静则是个意外发现。她全神贯注地倾听，轻拍他们的手。他们开玩笑时她面露微笑，面对埋怨则表现出怜悯。部分原因可能源自童年时期，她一直在寻找却未曾获得的亲密感。作为一名护士，病人们真的需要她，他们希望获得关注、安慰，甚至需要她提供建议。安妮发现自己很乐意奉献出这一切。

安妮的主管碧翠丝是小个子的南方女人，涂大红色的唇彩，穿无袖衬衫，冬天也不例外。她极有幽默感，高度赞美安妮的工作。

“病人们信任你，”她说，“这是最重要的。”

安妮很喜欢碧翠丝。有时她们留到很晚，在休息间里聊天。一天夜里，她们聊到了那些被压抑的记忆。安妮问碧翠丝是否相信，碧翠丝说她相信。

“人们会因为自己不记得的事情而有各种各样的举动，”碧翠丝说，“如果你问我的话，我有一半的亲戚都是这样。”

安妮决定稍稍提两句童年时的精神创伤。

“在我八岁的时候发生了一些事情。”

“哦，是吗？”

“一场事故。很严重。所以我的手才变成这样。”

她给碧翠丝看了结痂的手。

“还是会困扰你吗？”

“天冷的时候会。而且，要是不活动手指的话——”

“我是指发生的事情。”

“这个嘛，这就是关键所在。我不知道发生了什么。我屏蔽了那段记忆。”

碧翠丝思索片刻：“你可以和别人谈谈这件事。”

“没错，但是……”安妮咬了咬嘴唇。

“怎么了？”

“还有别的事。”

“什么？”

“我觉得有人因此而死了。”

碧翠丝瞪大眼睛，“那，事情就没这么简单了。”

“要是我跟别人说——”

“你害怕自己可能发现的真相？”

安妮点点头。

“亲爱的，那可能就是为什么你的大脑第一时间将那段记忆关在门外。”

碧翠丝把手按在安妮背负旧伤的左手上。

“当你准备好回忆起来的时候，就会想起来的。”

安妮努力挤出一丝微笑。可她怀疑碧翠丝现在会不会看轻自己呢，毕竟她是个对自己也有所隐瞒的女人。

安妮在天堂遇见的第四个人

“也不真是我的坟墓。”

安妮连忙转身，看到一个矮矮胖胖的老头站在沙滩上，双臂交叠，像海豹的鳍肢一样抱在胸口。他穿一身浅棕色制服，戴着一顶麻布帽，是出现在她婚礼上的那个男人，是她不断看见的那个男人。

“我是死在这里的，”他说，“好吧，是那边，在公园里。和我一起工作的家伙做了那块石碑给我当生日礼物。我以前老管他们叫‘砖头脑袋’，于是他们就真给了我那块砖头。一群白痴。”

他耸了耸厚实的肩膀，他的头发全白了，耳朵很大，鼻子很宽，鼻梁扭曲，好像不止断过一次，眼睛周围的皱纹一直延伸到满是胡须的脸颊。此刻，这些皱纹条条上扬，绽露出一个友好的笑容。

“你好啊，小家伙。”他打招呼，仿佛认识她似的。

“你去了我的婚礼，”安妮低声说，“你朝我挥手了。”

“我是希望你年纪更大一些。”

“更大一些？”

“你太年轻了，就来到这里。”

“出了事故。”

她望向别处。

“可以跟我说说。”他说。

“是热气球。着火了。我和丈夫在里面。”

“然后呢？”

“他受伤了。非常严重。无法呼吸。”

“那你呢？”

“他们拿走了我的一个肺。为了救他。在肺移植的过程中，我肯定是……”

老先生挑起一条眉毛。

“死了？”

这个字眼还是让安妮禁不住皱眉，“是的。而且我不知道我的丈夫怎么样了。我唯一记得的只有手术室，一个医生触碰了我的肩膀，说：‘一会儿见。’好像几个小时之内我就能醒过来。但是我永远也醒不过来了。”

“让我猜猜看，”老先生摩挲着下巴，说道，“你肯定一直在问天堂里的每一个人，‘我的丈夫还活着吗？我救了他吗？’”

“你怎么知道？”

“因为我刚到这儿来的时候，也见到了五个人。在走完这段旅程之前，我问了每个人同样的问题，因为我忘记了在人世的最后一秒钟，‘发生了什么？我救了那个小姑娘吗？我的人生就这样被浪费了吗？’”

“等等，”安妮说，“小姑娘？”

老先生定睛看着安妮，安妮挪不开视线。最终她的目光停留在他靠近心脏处的那块布片上，上面缝着的两个单词和海滩那块石碑上的一样。

“艾迪……维修工。”她念了出来。

“小姑娘。”他回应了她。

他伸出粗壮的手指，安妮不由自主地伸出手去。当他们的手指相触，她感觉到了前所未有的安全，仿佛是匍匐在强大翅膀庇护下的雏鸟。

“没事了，小家伙，”老先生低声嗫嚅，“现在一切都会清楚的。”

*

当人们经历了濒死体验之后，总是会说：“人生的每一幕都从眼前掠过。”就连科学家也研究过这种现象，注意到特定的大脑皮层在承受重大精神创伤的时候会缺氧和缺血，可能因此将记忆的片段一一释放。

但科学也只知道科学所了解的领域。科学毕竟缺乏对身后世界的认知，所以无法解释眼前的画面其实是掀起了天堂的大幕一角，投以匆匆一瞥，在那里，你的人生和你接触过的所有生命都在同一个平面上，所以看到某一段回忆和看到全部的回忆其实是一样的。

安妮出事的那一天，在她遭遇生死危机的时刻，红宝石码头游乐场的维修员艾迪在一瞬间做出决定：冲过“弗雷迪自由落体机”的基座，猛地推开安妮，没让坠落的车斗砸到她。在他死前，他在世时与所有人和事的相互作用，决定了他的眼前闪回了怎样的画面。

如今，在天堂里，安妮的手指紧紧压着艾迪的手指，所以她也看见了那些记忆。

*

她看见新生儿艾迪在二十世纪二十年代早期出身于穷困潦倒的家庭。她看到艾迪母亲的眼睛里星火闪烁，而他醉醺醺的父亲常常打人。

她看到学龄的艾迪和红宝石码头的杂耍演员一起玩抛接球的游戏。她看到十几岁的艾迪在老师傅身边修自行车。她看到艾迪厌倦了，憧憬另一种人生。她看到艾迪的父亲说，“怎么回事？这对你来说还不够好吗？”

她看到了艾迪邂逅真爱的夜晚——是个穿黄色连衣裙的姑娘，名叫玛格丽特——也看到星辰露天舞台上有一支壮观的乐队在演奏，两人随着音乐翩翩起舞。她看到战争插足了两人的浪漫故事，艾迪被派往菲律宾参与战斗。

她看到艾迪所在的排被俘获，在战俘营遭受严刑拷打。她看到一次英勇的反抗，施虐者被反杀。她看到艾迪烧掉了关押他们的营房。她看到艾迪在逃跑过程中被子弹射中大腿。她看到艾迪重回和平年代，因为伤口和黑暗的记忆而步履维艰。

她看到艾迪和玛格丽特结了婚，定居下来，彼此深爱，但没有孩子。父亲去世后，她看到艾迪被迫接手了红宝石码头的维修工作。她看到他脚踏实地努力生活，只是多年来一直想要摆脱现状，可后来他绝望了，他和他的老父亲没有任何不同：“一个一事无成的无名小卒。”他会这么形容自己。

她看见了玛格丽特，快五十岁的时候死于脑瘤，艾迪格外悲伤，心中空荡荡的。她看到艾迪躲进工作之中，在无人能看到的地方偷偷哭泣，比如躲进伸手不见五指的游戏屋，或者躲在水滑道的下面。

她看到艾迪忠实地前往墓地，就这样走过了自己的六十岁，七十岁，一路走到了八十岁，在玛格丽特的墓前留下鲜花，打车回家的时候总是坐在前排，这样就没有那么孤独了。

她看到了艾迪人生中的最后一天，他的八十三岁生日。艾迪检查了一根钓线，查看了一架过山车，坐在沙滩椅上，用黄色的毛根条编小兔子，递给了一个小姑娘。

一个名叫安妮的小姑娘。

“谢谢谢谢谢谢你，艾迪·维修员。”她大声道谢，雀跃着跑开了。

画面定格。

“那句话，”艾迪握住安妮的手，说道，“是在人间时，你对我说的最后一句话。”

“之后发生了什么？”她问道。

艾迪松开安妮的手，画面消失了。

“我们走走吧。”他说。

*

海水退去，仿佛是要清出一条小路，他们沿着海岸往前走。蔚蓝苍穹上高悬的孤星照亮他们的路途。艾迪将自己抵达天堂后的旅程讲给安妮听。他告诉安妮，自己也见到了五个人，包括一个蓝色皮肤的杂耍演员，旧日的军官，命名了红宝石码头的红宝石夫人。旅程结束时，他对人生的所有想法都转变了。

而后艾迪问起了安妮的生活，他说自己常常好奇这些年来她都做了什么。在艾迪的陪伴下，安妮很安心，说了许许多多的往事。她谈起了小时候，只记得那时很开心，无忧无虑，而事故之后，她的生活天翻地覆。

“有什么改变呢？”

“一切，”安妮举起了手，“从这只手开始。”

艾迪用厚实的手掌握住安妮的手腕。他细细研究安妮那只手上的伤疤，仿佛是在查找遗失的地图。

“之后，”安妮说，“我做的所有事都不对。我交不到朋友。我和妈妈敌对。第一段婚姻糟糕透顶。我失去了……”

艾迪抬起眼。

“我失去了一个孩子。我痛不欲生。我对快乐的人生已经不抱任何希望，直到遇见保罗。我认为保罗就是我的机会。我了解他。我信任他。我爱他。”

艾迪松开她的手腕，他似乎是在思考什么。

“你愿意变回从前吗？你的手？如果可以的话。”

安妮盯着他：“太奇怪了。我和保罗还小的时候他也问过我同样的问题。”

“那你是怎么回答的？”

“和我现在的回答一样。当然了。如果可以避免，谁会想要经历这一切呢？”

艾迪缓缓点头，可安妮不太确定他是否同意自己的观点。

“你的妻子在这里吗？”安妮问。

“她不在你的旅程之中。”

“那你会和她在一起吗？在你的天堂里？”

艾迪微微一笑，“没有她的话就不是我的天堂了。”

安妮努力想要回给他一个微笑，但是听到这句话让她更加伤心了。她最大的愿望就是保罗得救，希望移植手术能够挽救他的生命。可那却意味着独自一人留在死后世界。保罗会继续在没有她的人间生活下去吗？在他死去的时候，他会不会选择一个别的天堂，一个没有安妮存在的天堂？

“怎么了？”艾迪问，“你看起来情绪不高啊。”

“只是……我搞砸了一切，”安妮说，“即便是好事也搞砸了。就连新婚之夜也是。是我非要去帮高速公路上的一个男人。也是我非要去乘热气球。”

安妮垂下眼帘：“我犯了太多错。”

艾迪瞥了一眼闪烁在两人上方的那颗星星。

“以前我也总这样想。”他说。

突然，白昼变成黑夜。空气变得滚烫、凝滞，地面变得荒芜。周围是一圈光秃秃的小山丘，喷出一团团小小的火焰。安妮感觉脚下的地面变得黏稠。

“发生了什么？”她问道。

“我们还没有结束。”艾迪说。

安妮犯了错

安妮二十八岁。距离孩子死去已经八年。今天是忌日。她换了一下班，午后结束了医院的工作。经过一早上的忙碌，她开车去了墓园。

雾气弥漫，空气潮湿。走去墓边的途中，安妮听到脚下沙沙的砾石声。来到墓碑旁，她轻轻踏上草地，仿佛不想打扰周遭的一切。她念出了洛伦斯的名字，刻在墓碑上的日期表明了他在人世的短暂时光：

2月4日—2月7日

两个日期之间的连接线似乎便是这段时光的完美

注解。

“真希望我知道怎样说出更好的祈祷词，”安妮幽幽地说，“真希望我知道该为你祈求些什么。”

这是她第一百万次告诉自己，她并不是一个母亲，她从来没有换过尿布，没有拿过奶瓶，也从来没有哄过儿子睡觉。她甚至觉得一切都很愚蠢，这个令她伤心欲绝的身份其实根本就不属于她。

回医院的路上交通严重拥堵。从墓园返回的她心绪难平，因此伸手去钱包里摸出抗焦虑的药片。通常她都是在晚上才吃这些药，但她提醒自己，还有一个全天的班要上，她希望以波动最小的情绪完成这个轮班。再说了，如果这样的日子还不能要求一点安慰，什么样的日子才有资格呢？

“你猜怎么着，”安妮到医院的时候，一起工作的护士说，“泰瑞请了病假。”

“没别人了？”

“没了。只有你和我。”

之后的六个小时忙得不可开交，安妮要兼顾好多个病房，一次都没坐下来过。呼叫灯不停亮起，两个护士疲于应对。安妮手里紧紧抓着一个塑料袋，里面是给每一个病人的指定用药，她一丝不苟地处理每一个病患，沿着走廊按自己的方式工作。

当她来到209K/L病房时，右边床上的病人已经入睡，是个瘦瘦的老先生，身上连了饲管。安妮找到了碎药机，打开药袋，打算用注射器将药物注射进去。

“护士，我需要帮助。”下一个床的病人喊道。他是秃顶，体格魁梧，大肚腩把被单顶了起来。“我睡这个枕头不舒服。”

“我马上就过去。”安妮说。

“枕这个枕头没法睡觉。”

“请等一下。”

“你能给我拿个别的枕头来吗？”

安妮继续碾碎药片，再用纯净水溶解。

“我得睡觉。”男人嚎了起来。

安妮呼了一口气。她按下了呼叫按钮，希望能有别的护士过来，但她知道这个按钮已经亮了一下午了。

“快来。”大个子说道。

“我马上就过去。”

“该死的！那家伙完全可以等！他已经没有知觉了！”

男子的叫嚷让安妮微微颤抖，处理药物的动作也迟缓了。她摩挲了一下额头，两条眉毛拧成了麻花，仿佛要把头痛给挤出去。随后安妮把磨碎的药物倒进水中，用针管吸取。

“我的脖子都僵了。”男子抱怨。

安妮将针管对准饲管口。她将针尖牢牢固定住，用手指打开饲管，让药物流进病人体内。

“快来啊，护士！”

非得是今天，安妮心想，同时盯着袋子上的医疗标签，不去看那名男子。她眨了眨眼。不太对劲。袋子上的日期。不是今天。非得是今天。她知道今天的日期，二月七日，是她人生中发生过的最糟糕的一件事的纪念日。而袋子上的标签却是二月三日。她打开饲管，大脑飞速运转做着运算。四天。四天之内会发生什么？她看到标签上有个符号——“ER”——意思是“延缓制剂”——是一种应该吞咽的药，不能碾碎。但是这个男人无法吞咽。或许写上这个注解的时候他还能——

安妮猛地将针管从饲管口抽出来。

“该死的，护士，枕头——”

“闭嘴！闭嘴好吗！”

安妮并没有听见她刚刚吼出口的话语。她的思绪全都集中在差点铸下的大错上：将缓释止疼药注射进一条饲管——这样会让药效一下子全部释放，而这种药原本应当在十二小时之内持续释放。她差点就严重伤害了这个睡着的男人，甚至有可能杀了他。

“你怎么能跟病人说闭嘴呢！”肥胖的男人嚷嚷着，“我要投诉你。我保证你要——”

安妮根本听不见他说话，只能听见自己的呼吸声。她一把抓起注射器和用过的塑料袋，感觉自己就像个罪犯，慌于隐藏可能暴露自己的武器。

安妮自行停职了两周，即便医院并没有追究。等她回来的时候，发誓要比从前更加密切关注自己的病人。绝不分心。绝不带入个人情绪。把一件事做对，安妮，她对自己说。把一件事做对。

第四堂课

艾迪和安妮脚下的陆地变得泥泞潮湿。山上有很多油桶，四处的竹屋都在燃烧。

“这是什么地方？”

“战争。”

“什么时候？在哪里？”

艾迪叹了口气，“无论何时何地，战争都是一样的。”

他向前一步，双脚在地面上碾出嘎吱嘎吱的声响。“这里是菲律宾。二战。”

"你是个战俘。"

"没错。"

"你逃跑了。"

"最终。"

"你握住我的手时，我都看到了。你烧毁了这些小屋。"

"没错，"他说，"是我。"

他迈着沉重的步伐踏过泥浆，找到了残留的原始火焰喷射器，汽油箱背包上拴着一根橡胶管。

"被俘的时候我非常害怕。满脑子只有恐惧。当我重获自由，便将这些恐惧悉数释放。我们都是这样做的。我们攻击。我们破坏。我们将这里烧成灰烬。我觉得这样做是正当的，甚至勇敢可嘉。但我其实是在做一件非常可怕的事情，而当时，我却根本不知道有多可怕。"

艾迪朝一座小屋示意，安妮看到一个影子冲过火焰。

“等等……那是个人吗？”

艾迪垂下头去，仿佛不忍直视。缓缓地，从熊熊燃烧的火焰中走出一个年轻姑娘，肉桂色皮肤，梅子色头发。她身上着了火，火焰舔舐着她。她一脚迈到艾迪身边，火焰嘶嘶作响，脸上和身上的皮肤猛烈燃烧。姑娘将手伸进了艾迪手中。

“这是塔拉，”艾迪轻声说，“我点火的时候，她正躲在某个小屋里。”

他紧盯着安妮。

“她在天堂里，”艾迪说，“因为我。”

*

安妮后退一步，一阵恐惧席卷全身，仿佛她之前看错了这位老先生，他散发出的安全感全是假象罢了。

“错误，”艾迪解释说，“我来这里就是为了教给你这个。你觉得自己一直在犯错误？你觉得你现在可能就犯了一个错误?”

安妮移开了目光。

“从前我也总是这样想,”艾迪继续说,“我认为自己的全部人生就是个错误。总是有事情发生,都是非常糟糕的事情,无一例外,直到我最终放弃折腾。”

他耸了耸肩:“我甚至连自己犯过的最严重的错误都不知道。”

他转向那个小姑娘,触摸她一绺一绺垂下来的头发。

“塔拉当时藏在那个小屋里,我是死后才知道的。她在天堂见到了我,说我把她烧死了。”

艾迪咬了咬嘴唇。

“这事儿他妈的几乎又让我死了一遍。”

“你为什么要告诉我这件事?”安妮问。

艾迪带着塔拉走到安妮身边,近得足以看清塔拉烧焦的皮肤上的水泡。

“你一生的大部分时间都被某些东西纠缠，对吗？一些你记不住的东西，可是那些东西让你自我感觉很差？”

“你怎么知道？”安妮问，语气和缓。

“因为终其一生，我也是如此。我觉得格格不入。仿佛红宝石游乐场禁锢了我，而我不该属于那里。修理游乐设施？谁想做那么差劲的工作？我心想，接受这份工作绝对是大错特错。”

他将手搭在小姑娘的肩膀上。

“结果，她又告诉了我一件事，这件事永远带走了我的痛苦。我得到了救赎，我猜，如果非要用什么华丽辞藻的话，就是救赎。”

“她说了什么？”

艾迪露出微笑。

“我的死救了你。”

*

安妮哆嗦起来。艾迪拉过她的手。

“继续走。你现在能看到了。”

“我看不到。”

“你可以。”

“我不记得。”

“你记得。”

她的声音细若蚊声：“我不想。”

“我知道。但是时候了。”

天空变得通红，如火焰般浓郁，安妮感到自己的头猛然向上升起，仿佛有人一把扯住她的头发，她回到了身处红宝石码头的那一天，抬头仰望近在咫尺的死亡。她看到一个巨大的车斗在“弗雷迪自由落体”机顶端晃动。她看到大家在疯狂疏散游客。她看到人们指指点点，并捂住嘴巴。她看到艾迪推开众人，高声指挥大家清场，要大家赶紧跑开。她看到人们推推搡搡地涌向一个方向，而她发现自己正跑在与人群相反的路上，跑到了一处空荡荡的平台，她爬上平台，蜷缩起身子。她发现自己在颤抖。她发现自己在呢喃，“妈妈……妈妈……妈妈……”

她看到艾迪朝自己跑来，面目扭曲。她看到巨大的黑色车斗如同炸弹一样坠落。她看到艾迪猛地冲过去，张开双臂。他大大的手掌撞上了安妮的胸口，将她向后推开。安妮从平台边缘掉下去，屁股先着地，而后是大腿后侧，再是脚后跟。就在安妮丧失意识前，她瞥见艾迪的身体扁平地摊在平台上。

车斗像踩死虫子的靴子一样踩死了艾迪。

而后有块极小的碎片朝安妮飞来，太快了，不过眨眼之间，这东西就削掉了她的手腕。安妮放声尖叫，她还从来没有这样尖叫过，她闭上眼睛，一切细节消失无踪，仿佛那颗坠落的炸弹将一切炸得灰飞烟灭，安妮，艾迪，那一天，还有生活本身。

*

“哦，上帝啊，这就是那天发生的事情，”安妮唏嘘道，如梦初醒，“我现在想起来了。你推了我一把。你救了我的命。那块碎片斩断了我的手腕，而我昏了过去。”

“现在一切都清楚了。”艾迪说。

安妮张开嘴巴，眼珠来回转动。她在脑海中不断重演那一幕。

“可是……”

她松开艾迪的手，声音低沉。

“那确实是我杀了你。”

“是一个车斗杀了我。”

“是我的错。”

“是电缆的错。”

“我拒绝想起来。”

“你还没有准备好。”

“没准备好什么？”

“接受真相。”

“你死了？”

“真相远不止于此。”

艾迪走开了，工靴挤压着绵软的地面。“在人间，我们搞清楚发生什么事很容易，但要明白为何发生却得多花一点时间。”

“不，”安妮坚持，“根本没有为何！就是因为我去了我不该去的地方。而人们将这一切掩盖起来。没人告诉我真相。我记不住了，而妈妈守口如瓶。”

“她是在保护你。”

“为什么？”

“为你现在正在做的事情——责怪自己。”

“我听过一个谣言。在高中的时候。”

“然后呢？”

安妮犹豫了。

“我假装这个谣言不曾存在过。我换了学校。但是说实话……”

她双臂交叉，握住两侧的胳膊肘，向内收紧。

“我很高兴，我不记得了。”

她无法直视艾迪，“你把你的生命给了我，”她嗫嚅道，“你牺牲了一切。而我却连真相都无法面对。”

安妮跌倒在地，膝盖重重地跌在泥浆之中。“对不起。要是我往其他方向跑，就不会发生这一切了。你也不用来救我了。”

“你还是没有明白，”艾迪温柔地回答，“我必须得救你。救你补偿了我自己的人生。

“救赎的真谛即是如此。我们做错的事情往往会打开通往正确之门。”

*

塔拉去握艾迪的手，放在脸颊和手臂上摩挲。斑驳的结痂纷纷褪落，烧焦的皮肤也渐次剥落。此刻她的肤色完好如初。她将五根手指按在了艾迪的肚子上。

“塔拉是我遇到的第五个人。你是我遇见的下一个人。”

“你遇见的下一个人?”安妮不解。

“你遇见五个人。而你也是别人遇见的五个人之一。天堂正是以这种方式连接起了每一个人。”

安妮垂下眼帘:“我的第三个人说,我得跟你和解。”

“那个人是谁?”

“我妈妈。”

“嗯,和解,她说得没错,”艾迪说,“但她说的并不是我。你只有同自己和解,才能真正获得平和。我吃尽了苦头才明白这一点。”

说罢他看了一眼塔拉。

“事实是,那么多年以来,我一直想着,我之所以一事无成是因为我就是个无名小卒。而你呢,这么多年以来，你做了那么多事，却一直觉得每件事都做错了。”

艾迪叹了口气：“其实我们都错了。”

他俯过身来，帮安妮站起来。

“嘿，小家伙？”

安妮抬起头。

“世界上并没有什么无名小卒。也没有什么错误。”

*

艾迪话音刚落，地表仿佛从排水渠里流走一般融化了。战争的阴云退散。塔拉，这个菲律宾名字的意思是“星辰”，她升入天空，天空一碧万顷，笼罩四野，塔拉成为了空中明亮的星。

安妮觉得自己也升入了空中，而后轻轻落在了钢筋框架的摩天轮座位上，正缓缓轮转到整个红宝石码头的最高点。她低头去看那些五彩斑斓的帐篷和游乐设施。随着高度慢慢下降，地面闪烁起微小的灯光。这些明灭的光点渐渐成倍成倍汇聚成微小的光束，随着安妮不断下降，才发现那些光点都是小孩子的眼睛，在激流勇进里溅起水花，在旋转椅上飞速旋转，骑上每一只旋转木马，欢声笑语源源不断。恐怕有几千个孩子之多。

“我一生都在这里工作，”艾迪站在孩子们当中喊道，“保证设备安全意味着保证孩子们的安全。因为他们安全，他们才能长大，才能拥有自己的孩子，而他们的孩子也会有自己的孩子。”

他示意安妮看向孩子稚嫩面庞汇成的海洋，“我的天堂让我看见了他们所有人。”

安妮乘坐的车斗降至地面平台。

“你明白我说的话吗？”

“我不太确定。”安妮回答。

艾迪转过身。

“因为我救了你，尽管这些年对你来说举步维艰，你的手也不好，但你还是长大了。因为你长大了……”

当他转过身来，安妮呆住了。艾迪怀抱一个小男婴，脑袋上有一顶袖珍的蓝帽子。

“洛伦斯?”安妮低吟。

艾迪上前一步，将安妮的儿子放入她颤抖的臂弯。安妮的身体立刻恢复了完整的模样，躯干复原了。她轻轻将孩子抱在胸口，是充满母爱的抱法，心中顿时充盈纯粹的爱意。她面露微笑，潸然泪下，止不住地哭泣。

“我的宝宝,”安妮情绪激动，“哦，我的宝宝，我的宝宝……”

安妮摇了摇孩子的脚趾头，挠了挠他稚嫩的手指。她的眼泪落在孩子小小的额头上，孩子用手拍掉了泪水。虽然说不清原由，但他认得安妮，正如安妮认得他。她曾经存在过的儿子。他平平安安地在天堂里。她感受到一种平静，是日常生活里从来没有给过她的安宁。

“谢谢你。”她小声向艾迪道谢。

在艾迪回答她之前，她便匆匆飘向天空，离开了游乐场，经过了塔拉幻化的明亮孤星，回到了死寂而黑暗的另一重真空宇宙。当安妮垂下头去，发现臂弯空了，于是她痛苦地长嚎，心中满满当当，又空空荡荡。拥有并失去了一个孩子便是这样的感受。

星期天，下午3：07

警车驶近医院，托尔伯特透过车窗，望向空中一条一条的长云。他默念祷告。深深明白，这是有望能够遮蔽事实的最后一刻。一旦他走进医院，无论看见什么，都将确凿无疑。

警车停下，他深吸一口气，而后推开车门，拉上夹克外套，飞快地下车了，跟在警察身边往里走，谁都没有说话。

两人通过紧急入口进入医院。快要走到咨询台时，托尔伯特透过围帘发现助手泰迪正坐在一张轮床边，深深垂下头，双手捂住耳朵。

在那么一刹那，托尔伯特松了口气。他还活着。感谢上帝。随之而来的便是狂怒。他气势汹汹地穿过围帘冲过去。

“喂，嘿——”警察制止他。但托尔伯特还是一把抓住泰迪的肩膀，吼道：“到底怎么了，泰迪？到底怎么了？”

泰迪的嘴巴张成椭圆形，浑身发抖。

“风，”他嗫嚅着，“一根电线。我试着躲开——”

“你有没有查过该死的天气？”

“我——”

“你有没有查过该死的天气？”

“那是——”

“你为什么要上天？那些人是谁？到底怎么回事，泰迪？”

警察把托尔伯特往后拉，劝解他：“放轻松，伙计，放轻松。”泰迪气喘吁吁地从口袋里摸出一张名片。

“他们说认识你。”泰迪声音嘶哑。

托尔伯特愣住了。名片磨损严重，仿佛被大雨淋过。托尔伯特的名字用笔写在了名片背面。

“不好意思，你是热气球的所有者吗？”

托尔伯特连忙转身，另一名警察出现在他面前。

“我们需要一份口供。”

托尔伯特咽了口唾沫：“为什么？”

警察飞快地翻开一本笔记。

“有人员伤亡。”他说。

最后一个永恒

安妮重重摔落在一片冰冷坚硬的地面上，灵魂裂成了两半。她抱过自己的孩子。她感受过了平和。在某个充满喜悦的瞬间，她认为自己已经可以安息。她将永远活在红宝石码头明媚的阳光里，和儿子洛伦斯一起，和老先生艾迪一起，还有因他小心呵护而活下来的孩子们。那将会是她的天堂。

可是现在，她离开了那片天堂，并且显然没有回去的可能。她伤心极了，大声呼喊，甚至连眼睛也不愿睁开。当她终于张开双目，穹顶之上没有任何色彩穿梭流动。黑暗遮天蔽日，仿佛空气本就是不透明的。

为什么还要继续呢？她心想，又一屁股坐回地上。她所遇见的人已经向她揭示了人生的全部，她心中最深的恐惧也已经一举剖开，大脑曾派去守卫这些秘密的哨兵已然弃城而去。

现在她已经知晓了从前发生过的一切。她明白了那些人为什么会在这里。而她不知道的是，这一切都是怎样连结在一起的，或者，说得更直接一些，她的生命是怎样结束的。就是这样了吗？她心想。对她存在过的总结？宛如一条切断的粗绳，在半空飘荡？

小时候，安妮学到过，当她死去时，上帝会接纳她，一切都会变得安逸而平静。或许只有那些完成了使命的人才能如此。如果你没有完成在人世间的故事，天堂又怎能为你完成呢？

她抱紧自己，痛苦皱眉。头痛，肩膀酸疼，腰背发紧，回忆起从热气球上坠落之后的痛苦。当她伸手按住大腿，忽而感觉到了熟悉的材质，柔软，光滑，再向下摸了摸，裙子变宽了，还打了褶边。

不用看也知道，她又穿上了婚纱。

*

站起来，心中有个声音对自己说。结束这一切。安妮虚弱而茫然，自黑暗中站起，光着脚，裙子紧紧裹住身体。安妮向下看去，透过澄澈的地表，她看到了星星点点的光斑。是星星。起初只有零星几颗，随后化作成千上万，宛若银河，全都在她脚下。

她往前一步。

地面滚动。

安妮停下。

地面也随之静止。

她又向前迈了一步，地面又随之滚动，她正走在一个巨大的球体上——是个硕大的玻璃球，玻璃球中盛着整个宇宙。如果不是现在，安妮或许会对这个球感兴趣。可是此刻，她眼中什么也没有，整个人不过是一具空壳。她拖着沉重的步伐往前走，心浮气躁，思绪混乱，根本就没有感到启发了艾迪的那种“救赎”。

安妮以为，或许这就是自己永恒的宿命，就在此时，她开始路过一样一样零散的物品：翻倒的浅褐色草坪躺椅、倒转过来的乐谱架、两根金属柱之间的白色缎带被剪断。她心中渐渐浮出一些感觉，模糊而不安，她觉得，与其说这里是某个人的天堂，不如说是她在人间的残影。

就在前头，她看到一处遮篷。遮篷下，她看到几个人的背影，有男有女，身穿西装和伴娘裙。

“你们好？”她喊道。

寂静。

“能听见我说话吗？”

无人回应。

“拜托了，有没有人，告诉我这是哪儿？”她乞求着朝遮篷走去，“你们有人认识我吗？”

那些人全都溶解成细小的颗粒，只剩下一个穿着无尾礼服的男子，他抬起头来。

“我认识。”保罗说。

安妮在天堂遇见的第五个人

爱总是在你最不抱希望时不期而至。爱总是在你最需要时如期到来。爱总是在你准备好接纳它、不再拒之千里时叩门。这些大家达成共识的解释完全展现了爱的真相。但对安妮而言，爱的真相是，很长一段时间，接近十年，她无所期待，也无所得。

在失去母亲和孩子之后，安妮疏远了所有人，将自己埋藏在日复一日的护士工作中。每天她都穿同样的衣服：蓝色护士服和灰色跑鞋。她开车走同样的路线穿过镇子。她在同一间咖啡馆买同样的茶喝。

日复一日，她围着病人打转。

她保存病人的表格，知道他们的医生都是谁。她避免在儿科工作，因为回忆太过痛苦。但是她在照顾老人方面表现突出，她鼓励老人们多交流，老人家也很愿意打开话匣子。安妮发现，聆听老年病患讲话也是一种疗愈的方式——对病人和安妮来说都是。言语间总是有足够的关怀，而这份关怀又不会过量到伤她心的地步。不受伤是安妮如今的人生驱动力。

她加班。让工作填满白昼与黑夜。她极少社交，也不约会。她将奶油硬糖般的鬈发用小小的黑色发圈绑起来，也熄灭了心中的花火。

之后就迎来了那一天早上，她朝医院走去，茶水温凉，快要喝完了，她往上瞟了一眼，觉得一切都不同了，就在前方，就在一处平台上，是保罗，长大成人的保罗，穿着褪色的蓝色牛仔裤，正敲打一块板子。灵魂深处被一根杠杆撬动，安妮周身的血液快速流动，神经刺痛。

别看我，她默念。我还能逃走，要是你——

“嘿，我认识你，”他说，咧开嘴，露出一个笑容，“你是安妮！”

安妮不动声色地将左手藏到背后。

“是我，确实。”

“校友。”

“校友。”

“我是保罗。”

“我记得。”

“校友。”

“校友。”

“哇哦，安妮。”

安妮觉得自己浑身都烧得通红。她无法理解，为什么一个中学时代的男同学到现在还能对自己产生这种影响。但是当他说“哇哦，安妮”时，她也在想同一句话：哇哦，安妮，这是什么情况？

虽然当时她还没能明白，但她是在学习另一个爱的真相：爱来了就是来了。

就这么简单。

*

他们之间的浪漫故事不太像求爱，反而更像重逢。当天晚上两人就一起吃了晚餐，那一周，他们每天都一起吃晚餐。他们捧腹大笑，相谈甚欢，聊得很晚，时间很长，完全没有初初重逢时的尴尬，这都要归功于他们共同度过了童年。

保罗讲了很多故事，每当他讲完一个，托着下巴的安妮都会问，“然后呢？”随家人搬到意大利后，保罗有过许多冒险，和村民、骑手、旅行足球队一起，还在山里度过一年，结果情况变得危险。安妮觉得，这些故事仿佛都是特意保存下来的，只为了说给她听。

“你呢？”保罗问，“你妈妈怎么样？”

“她去世了。”

“很抱歉。”

“嗯。”

“我很喜欢她，安妮。”

“可她把你赶走了。”

“她很强硬。因为她想要保护你，”保罗耸耸肩，“所以我才喜欢她嘛。”

第一天晚上在一起时，他们短暂拥抱，像老朋友一样轻轻拍了拍彼此的后背。但是又过了几晚之后，吃过意大利细面，他们在保罗的车前小心翼翼地接吻了。安妮微微退却，仿佛这是她第一次亲吻什么人。她告诉保罗，从他离开学校的那天起，她就一直在保留这个吻——“我没有把你储物柜前的那场灾难算进去”——保罗说他觉得当时发生的事情糟糕透顶，他讨厌那些孩子的行事方式，也讨厌自己的表现。

“那个梅根就是个坏女巫。”安妮说。

“但你画得很棒。那张画你还留着吗？”

安妮忍俊不禁，“那张画我还留着吗？”

“没错。”

“为什么？”

“因为我想要。”

“你想要那幅画？”

“你想要那幅画？”

“当然了。我是因为那幅画才知道那时你是爱我的。”

安妮垂下眼帘，摩挲着膝盖。

“你并不知道。”她温柔地说。

“当然了，我知道。我知道我那时是爱你的。”

她抬起眼睛：“你在开玩笑吗？”

“怎么可能。”

“那你怎么没说点什么？”

“安妮，”保罗明媚的笑容更加灿烂了，“那时我才十四岁啊!”

*

很快，与真爱相伴，两个人的生活水乳交融，天衣无缝。不用多说一个字，两人都知道，他们会一直这样相爱下去。

一天，午休时间，安妮推着病人威利切克太太进入新建成的老年病人副楼。威利切克太太来自纽约，刚刚过完九十岁生日，身体瘦弱，但精神矍铄。安妮很喜欢她。

“感觉如何?”安妮询问道，“这栋楼比原先的更大一些——”

话还没说完安妮就停下了脚步。保罗正跪在前面的地板上，刚完成模具浇铸造。他仰起头。

“早上好，美人。”

“他不是在跟我说话。”威利切克太太说。

“你怎么知道?”安妮问。

“是啊，你怎么知道?”保罗也跟着追问，并且站了起来同威利切克太太握手。

“威利切克太太，这是保罗。我们是朋友。”安妮说。

保罗朝柜台点点头。“吃的似乎在这里。”

安妮看到了有人传送过来的一条一条面包和什锦冷肉片盘。

“那不是给我们吃的。”安妮说。

“那不是不给我们吃的。”保罗淘气地重复道。

“你饿了吗，威利切克太太?”

一分钟之后，保罗和安妮就玩闹似的做起了三明治，保罗在面包里塞上鼓鼓囊囊的肉片。

“别太大了。”安妮提醒他。

“别听她的!”威利切克太太连忙说。

“我向来都听她的。”保罗说。

“他最好这么做。”安妮说道，但她哈哈大笑起来，说话的时候还用胳膊肘戳了戳保罗。

“朋友，嗯？”威利切克太太说，“亲爱的，你是在跟谁开玩笑呢？”

*

一个月后他们搬到了一起住，日常生活也交叠起来，就像明艳的彩色油漆渐渐模糊交融。他们一起吃早餐，共用一管牙膏，一起感冒，共用一个邮箱。

秋去冬来，春去夏至。一个明朗的早上，出门上班前，保罗摘下安妮头发上的皮筋，她摇摇头，抖了抖波浪般的头发。“好点吗？”她问，他说，“好多了，”两个人无话不谈。

婚姻对他们来说水到渠成，不过是个手续而已。但是保罗有一颗高调的心。他一直等到了某天晚上，一切准备就绪，他把安妮带到了公寓楼顶，小小的火把照亮周遭，白色的大喇叭播放着古典乐小夜曲。有个轮廓看起来像雕塑的东西上盖着一张床单，那东西很大，样子非同寻常，保罗拉下床单：两只巨大的混凝纸青蛙。他做了这个雕塑，是为了纪念两人在学校相识的那一天。一只青蛙打了领带，正从另一只青蛙的背上跳过去。领带上贴了一张纸条。

安妮念出了纸条的内容：

青蛙的一小步，我们俩的一大步？

安妮开怀大笑。当她转过身面对保罗，保罗已经打开了戒指盒，安妮连保罗的问题都等不及去听了。

“愿意，”她激动地说，“愿意。愿意。愿意。”

*

“不可能。”此刻安妮却小声说。

保罗眨眨眼。

“你不可能在这里。”

保罗摊开双手。

“我不想让你在这里！”

保罗伸手抚摸她的脸庞。

“别碰我！别在这儿！你必须得活着！你得活着！”

保罗的手指轻轻摩挲安妮的皮肤，因为这温柔的触碰，安妮整个人都要融化了。

“你看，安妮，”保罗说，“北极光。”

在他们脚下，透过玻璃般透明的地表，绿色和红色波浪缓缓涌动，仿佛有人穿过群星。

“你知道极光是怎么出现的吗？”

安妮感觉到泪水汹涌而下。

“你和我说过太多太多次了，”安妮答道，声音颤抖着，“粒子飞离太阳。太阳风将它们吹向地球。这些粒子经过两天才能抵达地球。它们进入大气层是在……”

安妮哽咽了。

“在世界之巅。”

“我们就在世界之巅。”保罗说。

他挥了挥手，一浪又一浪的色彩恢弘地涌过他们脚下的天空。安妮盯着丈夫，他和婚礼上一模一样，却如此平静，眼周没有一丝褶皱，唇角也没有一丝纹路。这是她最想见到的人。这是她最不想见到的人。

“为什么?”她喃喃自语，“你为什么会在这里?”

“起风了。”他说。

第五堂课

但凡活着，便会不断失去。但是人类演化至今，我们仍然没能接受这个命题。

安妮意识到自己没能救活保罗，便陷入了失去的悲痛情绪之中。早早弃她而去的父亲，被事故斩断的左手，拼命想要挣脱的家，留在身后的朋友，妈妈的死，失去孩子，新婚之夜，她为这些失去一一伤怀，再到眼前，她的丈夫，就站在她面前。她最后的失去。

她又搞砸了。

“你来这里多久了？”她问。

“有一会儿了。”

“你要见到五个人吗？”

“已经见过了。”

“我不明白。我死在你后面吗？”

“时间在这里是不同的，安妮。人间的几秒钟可能是天堂里的一个世纪那么久。无边无涯。比我那些傻乎乎的空间书籍厉害得多。”

保罗微微一笑，安妮感觉到自己的嘴角也微微翘起。但很快她就想起他们身在何处。

“不，”安妮坚持，“这不公平。我们结婚才一晚。”

“一晚就能改变很多很多。”

“还不够！”安妮像个央求着实现心愿的孩子一样望着他，“我不明白，保罗。我们为什么就不能开开心心的呢？为什么所有的好东西都要离我而去呢？”

保罗凝望漆黑的苍穹，仿佛是在搜寻什么东西，虽然那里空无一物。

“还记得上高中时的最后一天吗？”他说，“其实你跑开的时候我追着你跑来着。我看到你在公园里。你坐在长椅上哭泣，但我没有办法去和你说话。我知道我只会让你更难过。

“第二天我们就搬走了，离开了十五年之久，这想法啃噬着我。那时我们还那么小，我觉得我将失去非常重要的东西，失去相当珍贵的人。我回到美国，期待着某一天能再见到你。然后，突然间，你出现了，在医院。于是我明白，若是你真爱什么人，就一定能够找到回去的路。”

安妮眉头紧锁：“然后再失去真爱。”

“活着的每一天都是在失去，安妮。有时微小如你呼出的气息，有时又很重大，让你觉得无法承受。”

保罗拉起安妮的左手，“但你能够承受，对吗？”

安妮感到身体中迸发的爱意。她的丈夫人在这里。至少她还可以同他在一起。只是……

“我想要救你。”她小声说。

“你给了我一个肺。”

“可你还是死了。”

“但这并没有改变你的付出。”

“你怎么能如此平静呢？我唯一的感觉就是……”

“什么？”

安妮努力寻找一个恰当的词：“心碎。”

保罗思索片刻，“我想给你看点东西。”

他将手伸进外套口袋，拿出一个毛根条编的小兔子。

“你已经给过我了。”安妮说。

“看着。”

突然间，兔子神奇地扭动起来，恢复成五根笔直的毛根条。保罗拿起一根，扭出一个简单的心形。

“这是我们出生时便拥有的心脏，安妮。它很小，空空如也，因为未经世事。”

他将那颗小小的心放进她手里。

“而这个……”

他拿起另外四根毛根条，将它们扭在一起，做出了一个更大、更复杂的心形来，心形之中纵横交错。

“这是我们死亡时胸膛中的那颗心。爱过我们所爱之人。承受了所有的失去。我们的心变得更大了，看到了吗？”

“但也伤痕累累。”安妮说。

“没错。”

“所以才毁掉了这颗心。”

保罗将这颗心贴在安妮胸口。

“不，所以这颗心才是完整的。”

突然间，毛根条闪烁起明亮的光，安妮感到体内出现了微弱的跳动。

“怎么回事，保罗？”

“谢谢你，安妮。有那么一瞬间，我能够和你共同呼吸。太神奇了。”

“不，等——”

“你现在得走了。”

“我想和你在一起——”

“我会没事的。但是现在，你得活着。”

“活着?”

“你曾经与死神擦肩而过，安妮。所以你欠这个世界一命，你要挽救他人才能还掉这份债。因此你才会成为护士。那就是你为什么必须要回去。因为你还要救其他人。”

“不，保罗，求你了!”

保罗松开了安妮的手。安妮看到自己碎裂开来，一片片消失，先是双脚和双臂，而后是膝盖，大腿，小腹，胸口，她在身后世界里重新聚合起来的一切全都四分五裂。她脚踩的地面似乎变得平滑，并且在融化，她听到了两个层面的声音，仿佛是好几盘磁带同时播放。

保罗正渐渐消失于北极光灿烂的光辉之中。此刻只有他的脸还清晰可见，近在咫尺，触手可及。保罗吻了安妮，很轻柔，安妮不顾一切想要留住保罗，用目光锁住他，可是她的眼皮却如厚重的帘幕般瞬间落下，一切归于黑暗。而后，安妮感觉到保罗的手搭在她的肩膀上，将她从天堂推向地面。

她知道，这双手之前就一直搭在这里。

“一会儿见。”保罗低声说。

安妮睁开眼，映入眼帘的是白到刺目的顶灯。她听到器械低缓的嗡鸣，还有一个女人的声音，“医生，快看！”

尾声

热气球事故的新闻迅速传遍全国，很快就传到了世界上最偏远的角落。人们传阅图片，发表评论，感叹生命之脆弱。

人们口耳相传着这个故事：一对新婚夫妇，一个缺乏经验的飞行员，以及其中两人的幸运结局。把热气球飞进电线丛的飞行员逃过一死，从吊篮里滚了出来。勇敢的丈夫将新娘送出吊篮，保证了她的安全。丈夫随后也跳到了地面，严重受伤，事故后仅存活了数小时，获得了妻子的单侧肺移植之后苏醒了几分钟。妻子陷入昏迷的同时，丈夫因为移植产生的并发症死在了手术室里。

但没几个人知道，医生们也短暂地失去过安妮。她在半昏迷状态时停止了呼吸，随后包括丹尼斯叔叔在内的医疗团队对她进行了心肺复苏，当安妮的心脏重新开始跳动，丹尼斯泪如雨下。

“你现在没事了，安妮。你会好起来的。”

丹尼斯叔叔勉强挤出一丝微笑，“你吓死我们了。”

安妮眨了眨眼。

这么久以来，这还是第一次，安妮一点也没觉得害怕。

*

时光飞逝。宛如玻璃球中纷纷扬扬的雪片，那场灾难牵扯到的人重新落地。虽然生活没能落回从前的位置，但也落在了全新的安宁之中。

泰迪搬去了其他州，参加了教会，组织关于第二次机会的讨论，在其中投注了诸多时间。托尔伯特关了公司，卖掉了财产。他用了五个月时间来积聚勇气，写信给那位丧偶的新娘。一周后，他收到了回信。

应安妮的要求，托尔伯特开车去了安妮家，安妮开门的时候，托尔伯特惊呆了，很明显，安妮怀孕了。他没想到安妮这么友好，虽然发生过那样的事情，但她格外平静。托尔伯特再三告诉安妮他有多么抱歉，虽然与保罗只在雨中有过短暂接触，可他真的非常喜欢保罗。离开前，他问安妮是否能够原谅他，因为那场事故让她失去了丈夫，可安妮坚持说没有这样的必要。

“是风吹的。”她说。

托尔伯特离开了，永远也不知道还曾吹起过另一阵风，是一阵被他改变了方向的风。那个雨夜，他一把将保罗拉到路边，没让那辆高速行驶的汽车撞上保罗。这世上早有一出截然不同的悲剧暗自铺排完毕，是让安妮和保罗连一晚夫妻都做不成的悲剧，更不会有孩子的存在。然而，我们的人生中有太多这样的时刻，命运悄然发生了转变。轻轻调转铅笔，笔尖就能变成橡皮擦。

*

托尔伯特造访后不久，安妮找到一张地图，收拾出一个小包，开车前往一片烟灰色大海边的游乐场。一到入口处，安妮就下了车，凝望红宝石码头的尖塔与尖顶，点缀了珠宝的拱门，以及高高耸立的高塔跳楼机。

她问工作人员，是否有人记得一个名叫艾迪的男子，以前是维修设备的。工作人员把她带去了碰碰车后面的维修车间，车间有着低矮的天花板，昏暗的灯光，堆着瓷质小丑脑袋，放满了螺钉和螺栓的咖啡罐。工作人员把安妮介绍给了一个名叫多明戈斯的中年男子，他在抹布上擦了擦手，说没错，他曾经在艾迪手下工作，直到艾迪去世。当安妮告诉多明戈斯自己是谁时，抹布从多明戈斯手中掉落，他猛地跌坐在凳子上，差点翻倒在地。

有那么一会儿，他只能含混地重复，“哦，天呐，哦，天呐。”

而后他开始哭泣。

“很抱歉。我只是……如果知道你没事的话，艾迪一定会非常高兴。”

安妮笑了。

过了一会儿，多明戈斯把安妮带到里面，给她看了艾迪的私人物品存放箱、小摆件、生日卡片和一双军靴。安妮问她能否带走一盒毛根条。多明戈斯说如果她愿意的话，可以带走整个箱子。

“我能问你一些私人问题吗？”分开前多明戈斯问安妮。

安妮点点头。

“被人救了一命，到底是怎样的感觉？我是说，我目睹了那天公园里发生的事情。如果不是艾迪的话，你恐怕已经死了。”

安妮轻轻将手搭在腹部。她说，这种感觉很难解释。她说她曾经觉得，宁愿付出自己所拥有的一切去逆转曾经发生的事情，但现在，她的感受截然不同。她说，大多数时候，她心怀感恩。

*

四季更替，循环往复，天气渐渐热起来时，人们又回到了海边的游乐场，孩子们搭上红宝石码头最新版的跳楼机，他们无忧无虑，丝毫不会意识到这里曾经扭转过怎样的命运。

与此同时，安妮诞下女儿，她小心而温柔地将孩子抱在胸口。她给孩子起名乔凡娜，是个意大利名字，意为“上帝的礼物”，正如保罗所说，安妮之所以从天堂返回，就是为了将这个孩子带到世上。

乔凡娜四岁的时候，有一天，安妮带她出门看星星。

“它们也太高了，妈咪。”

“是啊，是很高。”

“还有更高的东西吗？”

安妮咧开嘴，笑了。她从来没有提起过身后世界的旅程，没有告诉过任何人。但她也不打算永远缄默。

等到有一天，乔凡娜长大以后，安妮会把天堂的故事告诉她。她会告诉乔凡娜已然身处天堂的那些人——她的外祖母，外祖母的弟弟，以及身穿无尾礼服的爸爸，他们都在星星里望着她。她会将天堂之旅中学到的秘密告诉给女儿，一个生命如何影响另一个生命，另一个生命又如何影响了下一个生命。

她会告诉女儿，所有的结束都是开始，只是我们当时并不知晓。在女儿的余生之中，她都能因此得到安慰，因为她知道，无论她恐惧什么，失去什么，所有尘世的疑惑都能在天堂里得到答案，解答之旅会从等待她的五个人开始，他们也是这样等待我们，在上帝的注视下，以那个最珍贵的词为名。

家。

致谢

作者首先要感谢上帝赐予他健康和创造力，允许一个人能够写出一个有关天堂的故事。

此外，向以下人员致以无尽的谢意，感谢他们在我写作这本书的过程中给我帮助，为我提供灵感：

首先，从研究领域开始：凯·麦康纳奇，密歇根沃伦康复运动中心职业治疗师、诊所经理，她与经历过手部再植术的病人一起工作，协助他们康复，她的工作经验帮助我生动描绘了困扰安妮终生的情感与生理创伤；戈登·鲍林，密歇根维克瑟姆柳条篮热气球中心的热气球飞行员、董事长（读者朋友们：请知悉，书里所描述的事故极其罕见！）；莉莎·艾伦斯帕奇，底特律亨利·福特医院高级医师、亨利·福特医院肺移植项目医疗顾问；瓦尔·戈肯巴奇，得克萨斯州福特沃斯市贝勒·斯科特&白衣万圣医疗中心总护士长。特别感谢乔安·巴纳斯，她进行了非常细致的研究，并且提出了重要问题。萨米尔这个人物的部分灵感来自于已故的埃弗雷特（艾迪）·诺尔斯，一九六二年经历的童年事故引领他在肢体再植术领域取得了重大突破。

另外，作者希望感谢大卫·布莱克，攻克重重难关的经纪人，也是朋友；也要感谢来自大卫·布莱克代理机构的盖瑞·莫里斯，詹妮弗·埃雷拉和马特·贝尔福德；感谢哈珀·柯林斯出版集团的厉害角色，先从凯伦·雷纳蒂开始，我最珍视的编辑与出版人，给予了我对女性角色的重要理解力；乔纳森·博纳姆；布莱恩·莫里；汉娜·罗宾森；道格·琼斯；弗兰克·阿尔巴尼斯；莉亚·瓦西莱夫斯基；史蒂芬妮·库珀；萨拉·兰伯特；蒂娜·安德雷迪斯；莱斯利·科恩；莉亚·卡尔森-斯坦尼克；迈克尔·希伯特；米兰·波兹克（再次设计出令人惊艳的封面）。

对我的家人，无尽谢意致以凯莉·亚历山大，让我活得正直，没走弯路；还要感谢马克（罗塞）·罗森塔尔，让我的生活没有分崩离析；感谢文斯、弗兰克；感谢安托莉娜·兰纳里诺，我们不可思议的网络权威；感谢门德尔，他仍然是个无业游民。

如果没有我的艾迪叔叔就一定不会有“五个人”这样一个概念——真正的艾迪——我书写的第一个死后世界的故事便是他告诉我的。当虚构的艾迪说没有妻子就没有他的天堂时，是我在表白我的妻子简宁，每一天她都在鼓舞我；感谢我的家庭成员，他们都是这本书的第一读者；感谢我的父母，是他们教会了我如何讲故事，上一本书出版后，他们已经在天堂相会，毫无疑问，他们会共同在那里度过每一分每一秒，正如他们在人间时一样。

最后，我最深沉的感谢要送给我的读者朋友们，是你们一直给我惊喜，给我鼓励，给我感动，并且给我祝福。目前，天堂或许是一份祝福，一个未解之谜。但是我知道，幸好有你们，我已经感受过了天堂里的一部分快乐。

关于作者

米奇·阿尔博姆撰写了众多虚构与非虚构作品。他连续写出了六部蝉联《纽约时报》畅销榜第一名的作品，包括《相约星期二》，一直都是最为畅销的回忆录。他也撰写过获奖的电视影片、舞台戏剧、电影剧本、全国性报纸专栏和一部音乐片。阿尔博姆的作品以四十二种语言发行超过三千六百万册。他建立并监督 S. A. Y. 底特律，那是他的故乡底特律当地九家不同慈善企业的联合团体，同时创立了非营利性质的甜品店和食品生产线，为底特律最贫困的市民提供资金捐助。他还在海地的太子港建立了一家孤儿院。他和妻子简宁生活在密歇根。

Mitch Albom
The Next Person You Meet in Heaven
Published by arrangement wish ASOP, Inc., f/k/a Mitch Albom, Inc.,
c/o Black Inc., the David Black Literary Agency
through Bardon-Chinese Media Agency

图字：09－2020－749 号

图书在版编目（CIP）数据

你在天堂里遇见的下一个人/（美）米奇·阿尔博姆（Mitch Albom）著；姚瑶译. 一上海：上海译文出版社，2020. 7

书名原文：The next person you meet in heaven

ISBN 978－7－5327－8427－1

Ⅰ. ①你… Ⅱ. ①米…②姚… Ⅲ. ①中篇小说一美国一现代 Ⅳ. ①I712. 45

中国版本图书馆 CIP 数据核字（2020）第 103057 号

你在天堂里遇见的下一个人
[美]米奇·阿尔博姆 著 姚 瑶 译
责任编辑/杨懿晶 装帧设计/人马艺术设计·储平

上海译文出版社有限公司出版、发行
网址：www. yiwen. com. cn
200001 上海福建中路 193 号
浙江新华数码印务有限公司印刷

开本 890×1240 1/32 印张 8. 75 插页 5 字数 69,000
2021 年 4 月第 1 版 2021 年 4 月第 1 次印刷
印数：00,001—20,000 册

ISBN 978－7－5327－8427－1/I·5177
定价：69. 00 元